天津体育学院学术著作出版基金资助项目

中国体育博士文丛

中国体育图书出版研究

Research on the Sport-book Publishing in China

吴文峰　著

北京体育大学出版社

策划编辑：李　飞
责任编辑：白　珺
审稿编辑：李　飞
责任校对：张　莹
责任印制：陈　莎

图书在版编目（CIP）数据

中国体育图书出版研究/吴文峰著.—北京：北京
体育大学出版社，2010.12
ISBN 978-7-5644-0601-1

Ⅰ.①中… Ⅱ.①吴… Ⅲ.①体育—图书—出版工作—
研究—中国—1949～2008 Ⅳ.①G239.2

中国版本图书馆CIP数据核字（2010）第247021号

中国体育图书出版研究　　　　　　　　　　　　　吴文峰　著

出　　版：北京体育大学出版社
地　　址：北京市海淀区信息路48号
邮　　编：100084
邮 购 部：北京体育大学出版社读者服务部 010-62989432
发 行 部：010-62989320
网　　址：www.bsup.cn
印　　刷：北京昌联印刷有限公司
开　　本：787×1092毫米　1/16
印　　张：10.5
字　　数：170千字

2011年1月第1版　　2011年1月第1次印刷
定　价：33.00元
（本书因装订质量不合格本社发行部负责调换）

作者简介

　　吴文峰，男，1974年9月出生于福建省福安市。2007年6月获得北京体育大学教育学博士学位，体育人文社会学专业，研究方向是体育新闻传播。现为天津体育学院体育文化传媒系新闻教研室教师。

　　1997年毕业于北京印刷学院管理工程系出版专业后，在《中华儿女》杂志社从事编辑、记者及书店管理工作。自2001年考入北京体育大学攻读硕士学位以来，利用所掌握的图书出版专业知识以及出版行业从业经验，致力于体育图书出版、文化传播方面的研究。

摘　要

综合我国自1949年到2008年所出版的21370种体育图书，本书从历年出版的品种数量情况、总体出版结构情况、参与体育图书出版的出版社数量情况等角度入手进行整理；以我国社会发展历史进程、图书出版发展史为参考，将我国体育图书出版事业发展划分为六个阶段，并结合各发展阶段中不同类别的体育图书出版选题在出版结构中的变化情况，为读者描绘了中国体育图书出版事业的发展历程和现状。

笔者通过文献资料分析法和问卷调查法，对我国体育图书出版现状进行研究后发现：体育图书出版作为一种大众传媒，为推动我国体育事业的发展、繁荣我国图书市场做出过重要贡献，但目前仍然存在不少问题，如体育图书出版仍停留在低水平过剩阶段，体育图书市场结构性失衡、有效供给不足，体育图书的社会效益以及对出版单位所带来的经济效益并不算很乐观等。因此，有必要对体育图书出版结构和选题进行深入研究，以便更好地发挥体育图书积累与传播体育知识的作用，满足人们日益增长的对体育知识的需要，进而促进我国体育事业的发展。

笔者运用模糊数学中模糊聚类分析方法，对影响我国体育图书出版结构构建的因素集进行分析，找出影响最重要的因素集，为体育图书出版结构的优化研究抓住了矛盾的主要方面，并在此分析的基础上，建立体育图书出版结构优化指标，设计出体育图书出版结构优化模型。

在体育图书出版选题研究中，结合现代体育图书选题策划在体育图书出版中的地位和功能，本书提出了三个层次把关的双向"三级策划制"模式，并以体育图书出版选题增长率和选题连带发展效应为指标，来衡量体育图书出版选题开发情况。

　　体育图书出版发行是一个出版者随着时间的变化而不断扩大体育运动精神劳动成果传播范围的过程，读者的自主性购买行为和从众性购买行为对这个过程具有显著影响。同时，当代中国文化从原来的政治文化格局向主流文化、精英文化、大众文化多元鼎立的文化格局迅速转型，这也决定着现代体育图书出版的文化走向和发展趋势。

　　关键词：体育图书出版；图书出版结构；出版选题；现状；发展战略

Abstract

This book, combining the changes of different sport-books in the whole publishing structure during different phases, makes a comprehensive research on the kinds and quantities, publishing structure, participating publishing houses with the 21370 sport-books published between 1949 and 2008 using both qualitative and quantitative methods such as literature analysis, inductive reasoning and the correlative analysis in advanced mathematics, and gives an overview on the development history of the sport-book publishing industry in China based on the principles of Publishing Science, Communication, Management, Informatics, Philosophy and Economics, thus realizing the integration on micro-level and macro-level.

According to the research, sport-book publishing has contributed to the development of society, sports industry and the exchange of sports culture, problems, however, still remains in some areas including low level surplus, structure imbalance, insufficiency of effective supply, low competitiveness in overseas market.

The book tries to make an analysis in advanced mathematics on the factors influencing the sport-book publishing in China and constructs a better indicator system to optimize the sport-book publishing structure. The emphasis is put on setting targets to optimize the sport-book publishing structure and designing an optimized model based on the analysis.

The ways to select sport-book topics for publishing are identified by studying on its significance and function to develop more selection resources and increase the sufficient supply of sport-books. An up-to-date selection topic model is designed to fit the modern publishing industry, and some methods are found to tap publishing resources in the book.

Sport-book publishing is under the remarkable influence of readers' purchasing action. As a complicated system, sport-book publishing is influenced collectively by contemporary cultural trend, mainstream culture controlling, elite culture marginalization and the rising of popular culture which will directly lead the cultural trend of contemporary Chinese sport-book publishing. Nevertheless, certain rules are still observed by the development of sport-book publishing.

Key words: sport-book publishing; publishing structure; selection topic; status; developing strategy.

目 录

前 言 1

第一章 体育图书出版的相关概念 17

第一节 体育图书出版基本概念的界定 17

第二节 体育图书出版的舆论引导功能 24

第二章 新中国体育图书出版事业发展的历史演进 30

第一节 曲折发展中的中国体育图书出版 31

第二节 中国体育图书出版改革开放30年 36

第三章 中国体育图书出版概述 44

第一节 我国体育图书出版总体情况 44

第二节 中国体育图书市场研究 50

第三节 体育图书海外出版研究 65

第四章　体育图书出版结构优化研究 ⋯⋯⋯⋯⋯⋯⋯ 71

　　第一节　我国体育图书出版结构分析 ⋯⋯⋯⋯⋯⋯⋯ 73

　　第二节　体育图书出版结构的优化 ⋯⋯⋯⋯⋯⋯⋯⋯ 95

第五章　体育图书出版选题研究 ⋯⋯⋯⋯⋯⋯⋯⋯ 105

　　第一节　体育图书出版选题内涵及功能 ⋯⋯⋯⋯⋯⋯ 105

　　第二节　体育图书出版选题资源开发研究 ⋯⋯⋯⋯⋯ 116

第六章　中国体育图书出版发展趋势研究 ⋯⋯⋯⋯⋯ 126

　　第一节　体育图书出版发行趋势研究 ⋯⋯⋯⋯⋯⋯⋯ 126

　　第二节　当代中国体育图书出版的文化走向 ⋯⋯⋯⋯ 135

参考文献 ⋯⋯⋯⋯⋯⋯⋯⋯⋯⋯⋯⋯⋯⋯⋯⋯⋯⋯ 143

后　　记 ⋯⋯⋯⋯⋯⋯⋯⋯⋯⋯⋯⋯⋯⋯⋯⋯⋯⋯ 148

前　言

一、课题研究的缘起

改革开放以来，随着我国国民生活水平和生活质量显著提高，余暇时间增多，人民对健康和休闲娱乐的需求急剧增加，投入了更多的关注。在人类进入信息时代和后工业时代后，大众传媒的高度介入，推动着现代体育在"为了个人的体质健康而锻炼身体"这一传统理念与功能向规模巨大的体育娱乐产业演变。现代体育运动的基本特征，如社会化、产业化、全球化、信息化、科技化、终身化等，与大众传媒之间已形成了高度的互相依赖、互相支持、互相渗透的紧密关系。大众传媒成为现代体育运动最强有力的发展动力之一。

体育信息的传播，也就是体育知识的传授、体育文化的传播和体育科学的推广。报纸、刊物、书籍作为大众传播媒介中历史最长的一批成员，始终在迅速、及时、公开、大量地向受众告知着体育领域的种种信息。

当自然经济形态中的"小体育"经过社会化，逐渐发展为商品经济形态中的"大体育"时，"体育"的文化内涵也得到发展。在这发展过程中，体育理论知识的积累与创新又都成为了推动体育发展的强有力的动力源。通过体育图书的出版，促进体育知识的普及、传播，使人们树立正确的体育观念、体育价值、体育理想、体育道德，提高对人自身价值的认识，树立正确的世界观，从而推动社会文明的进步。图书传播的文化知识是每一学科中的科学真理，当失去信息的价值后，能概括或升华为构成知识体系中的组成元素。图书正是作为这样一种积累和传播文化的有效手段，使得体育事业的发展必须借助于图书出版这种传播形式，促进我国体育事业科学、健康、快速和可持续发展。

随着我国全面建设小康社会的进程加快，国民经济高速发展，综合国力极大增强，人民生活水平更加殷实，我国体育事业得到迅猛发展。国家通过制定"全民健身计划"、"奥运争光计划"和"体育产业发展纲要"等战略发展规划，逐步使群众体育工作由"软"变"硬"，呈现出生活化、社区化的发展趋势，全社会逐步形成比较完善的全民健身体系。

依据国家战略发展目标，2010年的中国体育事业奋斗目标是人人能够享有体育权利，全社会体育意识普遍增强，经常参加体育锻炼的人数达到总人口的40%。这些为我国体育事业的发展提供了充分的保障，也为体育图书出版业的发展准备了丰富的物质基础和培养了潜在读者群。特别是北京2008年奥运会的成功举办，全民健身高潮的掀起，为我国体育事业的发展带来了新契机，体育图书出版业将更有作为，势必成为体育产业的一个新的经济增长点。

（一）问题的提出

1. 对体育传播学专家学者的问卷调查

笔者利用2005年7月24日至28日由中国体育科学学会体育新闻传播分会在成都体育学院举办的首届 "体育新闻传播学"讲习班暨学术研讨会的机会，就体育图书出版对体育传播的影响，对来自全国20所开设体育新闻传播专业的体育专业院校、综合性大学及新华社、中央电视台体育部、中国体育报业总社的体育新闻媒体等43名代表（其中具有副高以上职称24人，中级职称9人，初级职称5人，体育新闻传播专业博士研究生3人，其他2人），发放问卷34份，回收有效问卷28份，回收率82%。

57%的与会代表认为：在纸质媒介中，体育类图书的出版对我国体育宣传、传播事业发展的影响一般，而认为"影响甚微"的占29%。同时，超过半数的专家认为在纸质媒介中，"报纸"是解决目前体育宣传、传播过程存在的问题的有效媒介（占54%），但没有人认为"体育图书能用于解决目前体育宣传、传播过程存在的问题"。

这说明，目前体育新闻传播方面的专家学者对体育图书出版用以解决体育宣传、传播的功能并不认可。一方面，是目前媒体技术的发展，电子媒体、数字媒体促进体育快速宣传、传播，在这种媒体环境中，体育图书对我国体育宣传、传播事业发展过程的作用被弱化了；另一方面，在众媒体分众的环境中，由于体育图书出版结构、选题合理科学与否及体育图书的内在质量等诸多原因的综合影响，使得体育图书出版在积累传承体育精神文化方面应有的作用受到质疑。

2. 对我国出版社的问卷调查

笔者在2008年9月，利用第15届北京国际图书博览会在天津举办的机会，对曾经参与我国体育图书出版的400多家出版社进行随机抽样问卷调查，发放问卷300份，回收253份，回收率84.33%，其中有效问卷239份，有效率为94.47%。

对问卷进行分析，结果发现：只有18.6%的出版单位把体育类图书出版列为常规出版选题，但有66.3%的出版单位有出版体育类图书的意向，没有体育图书出版意向的出版单位仅占8.7%。但总体上可以看出，体育类图书的出版对大部分出版单位来说是具有一定吸引力。

虽然2008年北京奥运会是体育界乃至我国社会生活的一件重要事件，在此之前许多出版单位也曾经为体育图书出版做过各种努力或积极准备。但在2008年把体育图书的出版列为出版重点，只有少数20.7%的出版单位这么做，而大部分出版单位（占66.3%）并没有把体育图书的山版作为本单位的山版重点。

有意向出版体育图书的出版单位，相对于专业类、理论类、技术类和经济效益小的体育选题，更愿意出版读者数量大、投入小、市场风险小的各种体育普及、初级读本，如各种入门类图书，运动休闲类，健身健美类图书。

在2008年后较2008年之前，对体育图书仍有出版意向的出版单位数有所下降；不确定的有所增加，但变化不太大；对体育图书没有出版意向的出版单位数有所上升，而且上升迅速。说明2008年后出版单位对体育图书的出版战略有所调整，但也有为数不少的出版单位对2008年以后体育图书出版形势看不清楚。

出版单位愿意涉足体育图书出版领域，主要看重的是体育信息的易获得性以及体育图书出版成本的低廉。此外，原有的体育图书出版经验和图书发行渠道保障也是出版单位出版体育类图书的凭借之一。出版单位更愿意出版低端体育图书，如果过度依赖专业编辑、作者，无疑会在很大程度上增加体育图书成本，因此，许多出版单位并不把专业编辑、作者、出版社品牌作为其出版体育类图书的优势。

从总体上看，体育图书给出版单位所带来的经济效益和社会效益并不算很乐观。

（二）课题研究的意义

当代大众传媒的发展正经历一个深刻变化的阶段。伴随着科技进步，新的媒介不断出现。从纸质媒体到电子媒体，从平面媒体到网络媒体，传播手段越来越丰富，并逐渐成为人们工作和生活中不可或缺的重要组成部分。因此，在人类新兴信息传播技术和手段不断出现的背景下，作为最古老的传统大众媒介和文化传播手段的图书如何应对时代的挑战，满足社会的需要和要求，已经成为图书出版界必须认真思考和研究的重大课题。同时，也是目前我国体育图书出版和发行实践中需要解决的重大问题。

在国内，虽然体育图书出版也曾经为繁荣我国的图书市场、推动我国体育事业的发展、传播我国体育文化做出了很大的贡献，但与发达国家相比，我国的新闻出版事业和传媒技术发展的整体水平还比较落后。目前，体育图书出版基本上是停留在粗放式经营阶段，相对于我国社会经济进步的要求、体育事业发展的需要、我国图书出版发展需要来说，还存在相当的差距。因此，如何高效地满足人民群众对各种体育知识的需要，普及提高国民的科学健身观、普及奥林匹克精神，弘扬爱国主义精神与体育精神，教育广大青少年和运动员遵守体育道德规范，引导舆论，维护稳定，塑造中国体育形象，扩大中外体育交流等都将成为我国新闻出版事业在这个特定历史发展阶段的一个光荣的使命。

1. 深化对体育图书出版重要性的认识

由于图书出版传播的是系统性、完整结构性的知识，这种特点使图书出版成为一种有效积累和传播文化的手段，可以说图书传承着人类的文明进步史。在体育发展的历史进程中，人类对体育的认识、对体育的思考以及所产生的各种智慧的结晶的积累与传播，也主要是由图书来承担的。

本课题研究采用出版学、传播学、社会学、体育学等多学科理论与研究方法，揭示和阐释在我国社会主义市场经济图景中，现代体育图书出版传播体育知识、体育文化、体育精神的本质和规律，从而作为体育新闻传播学研究的重要补充，与体育新闻传播学共同组织起体育文化传播完整的结构体系。

2. 为我国体育图书出版业改革与发展提供理论指导参考

随着我国全面建设小康社会的进程加快，国民生活生存质量的显著提高，人们对健康、休闲娱乐更加关注。特别是北京奥运会的成功举办，极大激励了民族自尊心和民族自豪感，人们不仅想从报纸、杂志、电视等媒体上了解有关体育的信息，也亟需从图书中获得体育的各种知识。

近阶段体育图书虽然品种数大幅增长，但存在印数下降、退货增加、库存暴涨，效益下降等问题。体育图书出版所面临的这种滞胀局面，其实质是体育图书出版结构的不合理性，这种不合理性已经成为制约我国体育图书出版业发展的瓶颈。

图书出版结构显示出一个出版社、一个专业出版领域甚至整个出版事业的基本布局，因此，对体育图书出版结构的研究显得尤为重要。但通过对相关文献的检索和研究可以发现，目前出版理论界及体育理论界尚缺乏针对体育图书出版发展问题的系统分析和研究。因此，本书对如何构建或改善体育图书出版结构，为我国出体育图书出版乃至我国图书出版业出版管理体制改革的思路，提供一定的理论参考。

二、研究的技术路线

本书依据科技发展规律和经济规律，采取系统思考的原则，以出版学、传播学、管理学、信息学、哲学、经济学等理论为基础，应用系统科学、传播学和信息技术等相关学科领域研究成果，从具体产业层面对体育图书出版的内涵、市场环境、结构等方面，实现宏观与微观层面的结合，并进行综合考察。

马克思主义唯物辩证法是本文的方法论基础。本书主要研究体育图书出版中带有普遍性、规律性的问题，尤其将研究重点放在如何使体育图书的出版活动能有效推动我国体育事业和新闻出版业发展的方面。

在对图书出版现状的研究中发现，图书出版结构虽然是业界公认的影响图书出版发展的核心问题，但针对这个问题却鲜有进一步研究探讨，大多是寻求"头痛医头，脚疼治脚"的解决方法。这样，看似问题将会得到各种各样的解决方法，然而许多都将是治标不治本。图书市场状况、读者消费情况等确实是图书出版状况的一种反映，但图书市场状况、读者消费情况除受图书出版直接影响外，还受其他因素的制约，如当时的政治、经济环境的影响。因此，通过对图书市场状况、读者消费情况等的研究只能片面地反映图书出版存在的问题，而无法真实还原图书出版核心问题。而如果从图书出版结构入手进行研究，就可以追本溯源地解释图书市场状况及读者消费行为中出现的各种问题。

因此，本书试图抛开体育图书市场纷繁杂扰的现象，就图书结构这个核心问题以及形成图书出版结构的基础——出版选题这两个关键环节进行深入研究。

本书研究的技术路线遵循以下逻辑关系：发现问题——研究分析问题——解决问题——总结出经验及理论成果指导实践（如下图所示）。

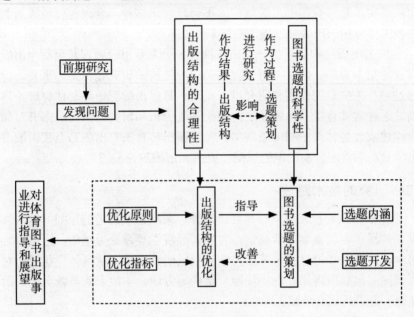

研究技术路线图示

三、国内外体育图书出版研究现状简述

（一）我国体育图书出版研究概况

我国出版界针对体育图书出版领域的研究很少。

目前这个领域的研究主要有"我国体育图书出版面临六大严峻问题"和[1]"对北京市体育图书市场现状的调查与分析"[2]两篇针对体育

---

[1]吴文峰.奥运类图书出版大盘点[N].中国图书商报，2006年7月14日

[2]吴文峰.对北京市体育图书出版现状的调查与分析[D].北京体育大学硕士毕业论文，2004

图书出版领域的综合性研究论文。这两篇论文都指出了"体育图书结构不合理，出版选题严重重复"是现在体育图书出版业发展中存在的根本性的问题，并分析造成"体育图书结构性失衡、有效供给不足"的主要原因之一是由于体育图书市场上供需双方的经济利益引起的。这主要是从市场手段来进行分析的，但还未深入到从形成和判断体育图书出版结构合理性的本质因素进行分析，而且其相应的建议仍然处于物质、制度层面。2006年4月谢小龙等人撰写的"华文体育图书出版形势分析"[1]虽然也是针对体育图书出版进行研究的，认为"国内体育图书出版结构的不合理性是影响华文体育图书在海外的出版形势的主要原因之一"，这是直接引用了上述两篇研究论文的结论，并没有涉及解决"国内体育图书出版结构的不合理性"的对策研究。

此外，就是针对体育图书出版中有关"奥运"专题研究的论文。2000年9月29日《北京青年报》的一篇"出书也借奥运的光"[2]让业内感觉到体育图书（"奥运"类）的曙光终于到了。2001年7月13日，北京申奥成功，这一振奋国人的消息在出版界更是引起轩然大波，各出版社和书店纷纷以实际行动支持申奥成功。《中华读书报》记者舒晋瑜激情撰写了"北京申奥成功　书业喜笑颜开"[3]，认为申奥给出版界带来了一个普及奥林匹克教育的契机，蕴藏着很大的市场前景。原以为体育图书会借此契机有所发展，可是时隔不久舒晋瑜再次撰写了"谁来为激情的体育立传"[4]，只是这时候的笔调是沮丧的，先是寻求为何"狂热的体育，图书不温不火"，再从体育图书身上"问津图书体育有多少真魅力"，最后舒晋瑜得出的结论是："体育图书动心地写才有心动的看"。

从内容进行分析就不难看出，这些文章比较多的是出于编辑、记者第一感官体验，对现象的描述，而对现象产生的原因的分析比较肤浅、情绪化，主观臆断明显，并没有切中问题产生的要害，从而得出的结论不能作为普适理论进行推广。

[1]谢小龙,傅君芳,吴文峰.华文体育图书海外出版形势分析[J].北京体育大学学报,2006（4）

[2]桑子.出书也借奥运的光[N].中国青年报,2000年9月29日

[3]舒晋瑜.北京申奥成功　书业喜笑颜开[N].中华读书报,2001年7月18日

[4]舒晋瑜.谁来为激情的体育立传[N].中华读书报,2001年10月17日

"奥运"专题研究较有影响的是北京印刷学院出版传播与管理学院的两位研究人员的"盲目跟风 国内奥运图书出版现状令人忧"[1]的研究报告。但在笔者研究过程发现此报告研究并不严谨,首先该报告指出"从2001年至2005年,国内共出版奥运图书147种",但据笔者所掌握的资料,这一研究时段有250种左右,两者数据量相差太大,这将会大大影响读者对其后的分析以及结论科学性的认可。其二,报告以"奥运图书中的外语类书所占比重最大",而且"奥运外语类的图书和奥运知识类的图书一样,都存在着选题重复和跟风的现象,真正有新意的奥运知识类图书并不多见"这种描述性语言作为研究报告的结论以及用现象解释现象的方法显然也不科学。于是笔者对"奥运类图书出版大盘点"[2],对奥运类中各细分类别图书出版结构进行梳理,并在翔实数据基础上,分析奥运类图书出版结构及选题重复对出版结构的影响。但奥运类图书并不是《中国图书馆分类法》中所划分的体育图书类别,而是一种主题研究,因此,对奥运类图书出版的研究结果不能应用于本书中,但其研究方法可以借鉴。

体育图书出版领域的研究只是我国图书出版事业的一个专业领域,同时又是一个全新的研究领域,所以在"体育"的专业出版特点的基础上,更多的还得借鉴图书出版事业的普遍性特征作为研究的切入点。所以本书的研究必须在我国整个出版事业环境中,从出版学、传播学等母学科中找到理论支持。

(二)国内外图书出版研究概述

在笔者深入具体研究体育图书出版规律过程中,不少出版业内专家学者就"编辑"、"出版"等方面从实践、理论等不同角度进行分析探索,提供了丰富的理论基奠及实践经验总结,这些对本书的研究提供了坚实的基础和启发。余敏老师主编的《出版学》、张志强老师主编的《现代出版学》、张天定编写的《图书出版学》等,将出版学的研究分为"出版理论"研究,"出版实务"研究和"出版史"研究三个研究领域,为本书搭建了思路架构,并为研究的切入点指明了方向。

---

[1]左晶,肖兰.盲目跟风 国内奥运图书出版现状令人忧[N].中国新闻出版报,2005年12月6日

[2]吴文峰.奥运类图书出版大盘点 [N].中国图书商报,2006年7月14日

　　西方发达国家，尤其是欧美等国，从出版学科以及出版技术发展程度来比较，相对会走在中国前头。因此，它们关于图书出版的专著中的某些论述，对本书的撰写工作也具有参考价值。Richter, Harald 于1978年，在匈牙利出版 *Publishing in the People's Republic of China: personal observations by a foreign student, 1975-1977*。由于该出版物所反映的是中国一个极其特殊的时代，因此书中对中国出版业发展的思路有失偏颇，但这却是改革开放以来最早、比较系统地介绍中国出版状况的外国出版物。其后，英国人Philip G. Altbach在1985年和1992年撰写了 *Publishing in the Third World: knowledge and development* 和 *Publishing and Development in the Third World*。这两部著作都是以第三世界国家的出版业为其研究对象，其研究结果认为第三世界国家由于政治、经济、社会等原因影响了他们出版业的发展，这具有一定的客观性。但论述过程认为该国落后的文化是造成出版业落后的根本原因之一，这就又有文化帝国歧视成分，因为技术有先进和落后之分，而文化并没有优劣之别。因此，这些著作的观点不能全面、客观地反映第三世界国家的出版实际。1990年美国人Clarkson N. Potter.写的 *Who does what and why in book publishing* 是一部关于图书出版问题反思的著作，但由于在欧美等西方国家出版业完全是在资本主义市场经济条件下运作的，怎么把关说到底还是企业的经济利益起决定性作用。因此，该著作的观点不太适合我国的国情。美国埃弗里特·E·丹尼斯等编著的《图书出版面面观》既有对美国出版业的历史进行回顾的，也有对美国出版现状进行描述的，它包含了从出版社主管的业内视角到出版经纪人、作者、图书销售者、读者等的观点。

　　但从总体上看，欧美等西方出版业较发达的国家，在出版理论研究方面倾向于具体出版实务如编辑、发行、从业培训等的研究。从编辑角度入手的，如Megan L. Benton的 *Beauty and the book: fine editions and cultural distinction in America* 和Jeff. Herman的 *The insider's guide to book editors and publishers*；有从图书市场入手，如Bill Cope and Dean Mason编的 *New markets for printed books*；作为从业培训或从业者技能提升的，如英国伦敦出版社培训中心编的 *The Business of book publishing: a management training course*；有从技术发展对出版产业链影响角度入手的，如英国人Priscilla Oakeshott编的 *The impact of new technology on the publication chain*。美国克劳迪娅·苏桑编著的《图书出版实务》则以

编辑的视角和经验，学者的严谨和智慧，作家的观察和笔触，按照图书制作期不同阶段的顺序，全面地介绍了美国图书出版业务的概念、写作、投稿、出版、发行、营销、销售等方方面面的问题和应用事例。这些研究从不同的视角、不同的侧面对图书出版业进行介绍，对全面认识我国出版的实际提供了不小的参考借鉴作用。

王益先生编著的《中国书业思考》收集这几年刊发的关于书业改革与发展、经营和管理方法的专论文章，可大致反映中国书业上个世纪最后几年的思想轨迹。蒋晞亮先生编著的《中国书业调查》，收集的是关于读者调查研究、图书市场零售观测、版权等专题调查报告，从一个侧面记录了中国书业在市场化进程中市场研究由一般定性分析进而实行定量调查研究的过程，从而更深入地揭示书业的具体变化和真实面貌，为一定范围内准确地认识和把握图书市场的规律提供了科学决策的参考依据和数据支持。刘玉珠老师的《文化市场学—中国当代文化市场的理论与实践》从文化与市场经济相结合的角度，提供了一个将图书出版作为一种文化产业，如何在市场经济中生存与发展的思路。河南省出版工作者协会编的《出版理论研究与实践》以及邓光东先生著的《出版纵横谈》，从宏观方面畅谈了我国的出版实践规律。肖新兵的《我国出版产业的特点》一文，就出版企业边界、出版业产业周期及出版产业的市场结构作了简要分析，指出我国出版业存在一定程度的市场化，具有一定的特点。在产业环境变革的情况下，有必要对相关问题进行重新审视，以便政府及相关企业采取正确的应对方式。这些都让我们对体育图书出版处于什么样出版环境中有了全面的认识，为体育图书出版自身的规律性的研究提供了前提。

（三）对图书出版结构及选题问题的研究概况

2006年，新闻出版总署全国图书选题审读小组对全国513家出版单位报送的121342种图书选题集中进行了认真审读和分析，结果显示：2006年全国出版单位在年度选题安排上，全面贯彻落实科学发展观，体现出鲜明的时代特色，同时重视用优质精美的精神食粮满足广大读者不同层次的阅读需求，但也存在"太注重市场性而造成选题结构失当"，"选题重复问题也较为突出"、"跟风现象仍较严重"等值得关注的问题。而这些问题是近几年在新闻出版总署全国图书选题审读分析报告中连续出现的老问题。

　　继2003年、2004年之后，中国出版科学研究所于2006年1月推出了第三部"中国出版蓝皮书"——《2004～2005中国出版业发展报告》，此"出版蓝皮书"全方位、多角度地揭示了2004～2005年度我国出版业的发展状况，全面总结和研究了我国出版业改革和发展的新问题和新思路，对新闻出版业高度关注的重大问题进行了专题研究，认为："目前我国出版业存在种数大幅增长，但印数下降、退货增加、库存暴涨，效益下降等现象，出版业面临滞胀局面，为出版业敲响了警钟。"[1]

　　2006年1月，著名出版家巢峰分析多年出版数据后，发表长文《中国的图书市场》，认为我国出版业陷入滞胀的发展状态，并总结出滞胀表现的十个方面。在分析我国出版业各项数据的基础上，《出版科学》杂志社社长贺剑锋认为，我国出版业已呈现出品种泡沫、库存泡沫、卖场泡沫等泡沫化的倾向，如果任其继续发展下去，有可能对出版业的顺利发展造成伤害。[2]

　　其实我国图书出版业的这种"滞胀"现象，早在1996年就已经凸现了。1996全国图书库存猛增，一般图书的销售几乎是零增长或负增长，引起业内各方人士的警觉。于是，1996年9月20日，《中国图书商报》头版刊发了记者欧宏采写的文章"市场对泡沫出版说不！"由此，"泡沫出版"一词开始进入人们的视线。虽然，业内人士普遍认为，中国出版中的泡沫如不挤掉，将对产业贻害无穷，但自此后我国出版业发展的十年中，这种现象并未得到改善。

　　2006年1月，由中国书刊发行业协会非国有书业工作委员会联合专家咨询机构推出的《2005年度书业产业报告》则分析了出版结构、销售渠道、出版机制等多方面因素，并得出结论：自2002年以来，中国出版业已开始萎缩，书业专家首次明确提出中国书业正处于由崩溃到重新整合的关键时期。

　　"出版崩溃"并非危言耸听。2001年，日本出版理论家小林一博出版《出版大崩溃》[3]一书，指出曾经被视为"亚洲出版的旗帜"的日本出版业，可自20世纪90年代以来，却一直处于低迷之中，产生危机的根

　　[1]郝振省主编.2004-2005中国出版业发展报告-中国出版蓝皮书[M].北京：中国书籍出版社,2005

　　[2]贺剑锋,刘炼.我国图书买方市场的特征及对策研究[J].出版科学,2001（4）

　　[3]（日）小林一博著.出版大崩溃[M].甄西译.上海：三联书店上海分店,2004

源在于日本出版业在90年代无止境的扩张，出版社、发行商、书店之间的关系又没有理顺，书刊品种增长幅度过大，"泡沫"过多，日本出版业出现了"出版大崩溃"。

对比日本的"出版大崩溃"，我国的出版业有太多的相似之处。20个世纪90年代中期以后，我国每年出书突破了10万种，步入了出版大国。这以后每年出书的品种仍不断急剧攀升，位居世界各国的前列。然而，图书品种数量虽然发展很快，但质量的提高却显得蹒跚。"每年出版的大量图书中，重复的书，大同小异的书，可出可不出的书，自我广告的书，出生之日即死亡之时的书，粗制滥造的书，乃至低俗、庸俗的书，占相当部分，总之，和日本一样，'泡沫'甚多"。[1]日本出版业大崩溃为我国的出版提出警示：在高速发展中，一定不能单纯追求品种数量。忽视质量的"无止境的扩张"，虽然品种数量扩大了，但总的销量规模并没有增加，反而缩小，这些扩张出的"泡沫"式图书，带来的是虚假的繁荣，资源的浪费和效益的滑坡，最终会像日本一样，导致出版大崩溃。

我国出版结构失当、选题大量低水平重复等问题由来已久。早在1956年，人民日报就曾发表过社论《为什么书籍又缺又滥》[2]，指出图书出版一方面存在着供不应求的问题，一方面也存在着"一窝蜂"、"赶浪头"出书的问题。世纪蓝图市场与研究咨询公司首席研究员张守礼表示，"在生产方面，中国书业仍停留在20年前的状况，流通方面则是其他行业10年前的水平"。从20世纪80年代起，基于整个社会环境，内容是稀缺资源，只要有写作水平，畅销极其容易。到了90年代，出版业开始进行细分和营销的创新，那时主要针对项目，铆准一个方向就能畅销，实际上是内容和渠道主导阶段。拐点时期大概出现在1998年，特征是内容过剩，消费者日益分化和多元。直至今日，我国出版业仍没有突破内容和渠道主导的营销模式。2003年以来，出版界少了"热点"，并非是出版界放弃了"热点"操作，而是当今已很难再造"热点"。正如上海辞书出版社的原社长巢峰老先生所说，"20年前的好书动不动就开印数十万册，读者如潮，而在今天，虽然图书品种空前庞大，但当年的繁荣却再也不见踪影"。

---

[1]江曾培.日本出版大崩溃之鉴.东方网.2002年7月2日

[2]社论.为什么书籍又缺又滥[N].人民日报,1956年12月12日

专家们之所以得出书业萎缩的判断，是因为总印数和消费数量都在逐年递减、图书品种和库存册数却在逐年增加。而且相当一部分出版社的库存量超过年产值，出版社不得不通过增加品种和大量自发图书来广种薄收，并造成新一轮退货，如此恶性循环，新书泛滥成灾，便形成市场泡沫的现象。这说明图书生命力越发缩短，利润降低，也就是业内所称的"滞胀"。书业目前仅有的亮点是品种在增加，但这是一种投入性增长，靠品种增加和渠道资源的扩大来完成， 这不是行业繁荣兴旺的标志，而是危机四伏的不良先兆。

1988年，中央宣传部、新闻出版署曾发出《关于当前出版社改革的若干意见》（以下简称《意见》），《意见》中对出版社改革提出了"优化选题、调整图书结构"的改革指导思想；1996年10月，党的十四届六中全会通过的《中共中央关于加强社会主义精神文明建设若干重要问题的决议》指出："加强对新闻出版业的宏观调控，采取有力措施解决目前……图书结构失衡……等散滥问题，努力实现从扩大规模数量为主向提高质量效益为主的转变"；1998年，党的十五大报告指出："新闻出版业要加强管理，优化结构……实现阶段性转移。"优化图书出版结构，加强图书内在质量管理等问题已经不再是出版业内的行业问题，它已经关系到我国的精神文明建设大局。

孙宝寅先生编著的《出版经营管理》是众多出版理论著作中较早提出"图书出版结构"是影响我国出版业发展的核心要素的著作。在这里，他认为我国出版业的发展是由于各个出版社的专业分工不同造成的，各类图书的比例即图书结构的形成是根据国家出版管理部门宏观管理的结果，这种比例影响着图书出版业的发展。虽然，这些论述对于现在的研究具有历史局限性，但却为以后的研究提出了"图书出版结构不是一成不变的，它应根据社会主义精神文明建设的需要，根据图书市场的需要，结合自身的优势和特点而不断进行调整，使之在出版物的门类上、品种结构上更趋于合理"[1]的发展思路。这个论述对提出及论证解决我国体育图书出版业发展过程存在核心问题的可行性对策具有很大的启发性。

但长期以来分析研究形成我国图书出版存在顽疾方面的研究成果较少。而且，对目前已有的对我国出版形势研究成果进行进一步深入研究

---

[1] 孙宝寅编著.出版经营管理[M].北京:清华大学出版社,1995

发现，所谓"图书结构失衡"，或作为既定的结论，成为下一步研究或工作的理论假设前提，或只是研究者的主观结论，因为目前并没有判断图书结构是否失衡具体的指标。图书出版结构显示一个出版社、一个专业出版领域甚至整个出版事业的基本布局，判断我国的图书出版结构是否失衡，以及判断图书出版结构指标体系的建立已经成为制约我国图书出版事业研究的瓶颈之一了。

针对目前我国出版业存在种数大幅增长、库存暴涨，效益下降等出版"滞胀"形势，"中国书业未来的出路，只有进行结构性调整"[1]，正如人民邮电出版社社长杜昉生指的那样"优化结构就是优化未来"。而进行出版结构调整的基础是要搞好每一次选题策划。体育图书的出版工作也面临同样的严峻形势，只有不再低水平重复出版、不盲目跟风出版，认真分析自己的人才优势、资源优势、资金优势、品牌优势和出版能力，明确今后的发展方向，合理配置出版资源，进一步提高资源效益，策划每一次的选题，提高出版物质量，这样才能满足读者日益增长的对体育知识的需求，同时推进我国图书出版事业的发展。

关于图书出版选题方面的著作和论文成果很多，在这其中多数是从如何成功进行选题策划的角度入手。比如，美国杰夫•赫曼等人编写的《选题策划》一书从理论上分析选题策划的要素，用实例来讲解如何面向市场进行图书出版选题策划，出版工作者可以借鉴书中的理念、思维、方法，并运用到体育图书的图书出版选题策划实践中去。但本论文研究的重点并不是针对如何具体某种体育图书的策划，而是从图书策划实践中探寻出体育图书出版选题的规律。在这方面，苗遂奇老师编著的《现代出版选题学引论》，将"出版选题"从具体的出版流程上升到了学科的高度进行研究，使本论文在"体育图书出版选题"研究方面有了一个更高的起点。

（四）"体育与媒体关系"的研究现状

体育图书的出版，是将研究的视角集中在图书中"体育"领域，因此对出版与体育的关系的认识也是本论文研究的前提工作。但在体育图书出版的实践中，这方面的研究被忽略了，所以，本研究在借鉴其母学科出版学理论进行研究的同时还必须大量借鉴、参考有关"体育与媒体

---

[1] 徐迅.危机离我们有多远？——书业面临结构性调整.出版参考,2004（12）

关系"的资料，从中得到更多的启发。

由于20世纪70年代以来，大众传媒对体育的影响越来越大，导致美欧学术界开始关注这一问题并对其进行了较深入的研究，并迅速成为国际体育学术领域的一个研究热点。其中主要成果有：美国学者劳伦斯·温勒勒的《体育媒介》（1998），大卫·罗伊的《体育、文化与媒体》（1999），英国学者戴维·巴勒特的《体育电视与文化传播》（2000）、赫伯特·阿特修尔的《体育媒介传播》（2001），内尔·布莱恩等的《欧洲传媒的体育与国别：体育、政治与文化》（2000），帕梅拉·格里顿的《女性、媒体与体育：挑战性别价值》（1999），等等。这些著作对现代社会中体育与媒介的关系作了多角度的深入研究，揭示了在信息与大众传媒时代，媒体对现代体育发展的深刻影响，并对媒介与体育的互动关系及其意义进行阐释。

自2000年后，一些国内学者也开始涉及这一课题的研究，如郝勤在《体育新闻学》、任广耀等在《体育传播学》、卢元镇在《中国体育社会学》有关章节中对其进行了阐述。

另外，体育与媒体关系研究中，有从与抽象媒体的关系进行研究，如唐成等的《大众传媒与竞技体育产业关系的分析》，王蔚岚的《论我国媒体与体育的合作态势及前景》，王晓东等的《论传播媒介形态变化及对体育传播的影响》，李勇的《体育与传媒的关系》，葛耀君等的《论大众传媒在体育信息传播活动中的作用》，张兵的《大众媒体对体育发展的影响力》，代玉梅的《试论大众传媒与体育可持续发展》，胡琦的《中国体育报道社会功能的演变》，林勇虎等的《体育与媒体结合的社会文化审视——历史回顾与相互影响》，徐利刚的《体育与传媒的天作之合》，张利明的《大众媒体与体育产业的互动关系研究》，这些研究从体育与媒体关系的回顾、意义、建议等角度和方面进行了分析和阐述。

也有分别从与报纸、杂志、电视、网络等具体媒体的关系进行研究，如王宏江的《我国当代体育报纸现状分析》，郭晴等的《现代体育报纸市场需求要素探析》是从体育报纸市场进行研究的；张闻亚的《我国当代大众体育期刊现状分析》则对体育期刊市场进行研究，与体育报纸市场的研究遥相呼应，刘雪松等的《成都体育学报2000—2002年文章类型及作者情况分析与研究》则是对体育学报的研究，也算是体育杂志研究的一个特殊的补充；从卢元镇的《电视体育产业漫谈》，到邓星华的《我国体育电视转播产业发展现状与对策》，再到岑传理的《电视传媒的发展对体育产业的影响》，对电视传媒与体育关系的研究达到了很高的程度；张松贞的《试论网络传媒对传统体育传播媒的影响》，由于当时技术提交以及网络的普及程度远不如现在，网络表现出对体育的作用只是在摸索阶段，这篇文章对网络的影响力并没有深刻的认识，但引起了人们对网络如何对体育传播发挥作用的注意。

这些都是我国国内学者不断摸索体育与媒体关系的初步成果，对本论文研究"体育与图书媒介"的关系有一定的借鉴和启发作用，但大多数研究成果尚显单薄，无论从广度或深度上都有待进一步的深入。

第一章 体育图书出版的相关概念

第一节 体育图书出版基本概念的界定

一、图书及体育图书

"图书",从字面上看,有"图"和"书"两个含义。"图"表示图像、图形,"书"表示记录的文字。常见的图书都是采用文字和图像、图形来表达知识内容的。从不同角度出发,有不同的图书定义。如对于"图书馆"和"图书情报"工作等概念来说,"图书"泛指各种类型的读物,既包括甲骨文、金石拓片、手抄卷轴,又包括当代出版的书刊、报纸,甚至包括声像资料、缩微胶片(卷)及机读目录等新技术产品。

在我国国家标准《文献著录总则》和《普通图书著录规则》中,把报纸、杂志等定期出版物以外的非定期印刷出版物称为图书,"图书,包括书籍、画册、图片等纸介出版物。凡是装订成册或是按照一定次序分页汇集的印刷出版物都属于广义的书籍范畴,活页书籍、画册、挂历、摄影出版物等也包括在内;各种不装订成册的挂图、单幅地图、单张图片、摄影图片等印刷品,统称图片。全国出版物包括使用《中国标准书号》和不使用《中国标准书号》两类。使用《中国标准书号》类出版物包括一般书籍和课本;不使用《中国标准书号》类出版物主要是年画,国标(GB)、部标(BB)等标准文件印品,影印书,活页文选,活页歌篇,小件印品等。"著名图书馆学家刘国均先生在《中国书史简编》中认为:"图书是以传播知识为目的,而用文字或图画记录于一定的材料之上的著作物。"[1]这一定义比较客观地揭示了图书的特征,但

---

[1] 刘国钧.中国书史简编 [M].北京:书目文献出版社,1982

却没有反映出"图书"与"杂志"等的种差。

1978年联合国教科文组织提出：即凡由出版社(商)出版的，49页以上的印刷品，具有特定书名和著者名，编有国际标准书号(ISBN)，有定价并取得版权保护的出版物，称为图书(Book)，5页以上48页以下的称为小册子(Pamphlet)。由于中国1982年才参加ISBN系统，自1987年1月1日起才开始实施中国标准书号，因此，联合国教科文组织关于"图书"的提法在某种程度上与我国的出版事业的历史实际有不相符的地方。因此这种"图书"的提法也不完全适合作为本论文的"体育图书"的定义使用。

因此，在图书馆学家和出版学专家的建议下，以《中国图书馆分类法》为选取研究对象的总原则，对归入《中国图书馆分类法》（第四版）中体育类（图书分类号以G8开头）的，从1949年到1987年期间凡由我国（大陆）正式出版单位出版的，具有特定书名和著者名，并有定价的49页以上的"有一个中心主题和论述系统"[1]并装订成册的非定期出版的印刷品，以及1987年以后使用《中国标准书号》中G8类的出版物，都作为本论文"体育图书"的研究范畴。而部分非G8类的其他与体育有关的图书，如《媒介与奥运》（ISBN 7-81085-434-8/k.245是对北京申办2008年奥运会进行传播效果进行实证研究的科研成果），《体育传播——运动、媒介与社会》（ISBN 7-81085-538-7/k.349是以传播学理论在体育运动领域的应用为该图书出版的主题），此类图书出版的目的更多的是偏向该类图书研究主题，因此，此类图书不作为本论文的研究对象。此外，在研究对象的选择上也剔除了以非正式出版单位编写的、印制的作为内部交流、参考使用的具有图书外在形式的印刷品（即内部出版物）以及非中国大陆出版的华文体育图书。

二、出版及体育图书出版

出版是一种社会活动和行业的行为。"出版或出版业可依据出版物的主要类型划分为图书出版业、报纸出版业和杂志出版业三种"[2]，本论文的"出版"研究是针对图书出版业进行的。在目前一些主要的专业工具书以及有关出版法律法规条例中，"出版"的概念定义表述为：

---

[1]张玉钟,刘学丰等主编.新编图书情报学辞典［M］.北京:学苑出版社,1989

[2] 王余光.中国新图书出版业初探［M］.武汉:武汉大学出版社,1998

（1）把书刊、图画等编印出来，把唱片、音像、磁带等制作出来[1]；（2）把著作编印成为图书报刊的工作[2]；（3）选择某种精神劳动成果（文字、图像作品等），利用一定的物质载体进行复制以利于传播的行为[3]；（4）印刷或其他机械方式方法将文字、图画、摄影等作品复制成各种形式的出版物并提供给众多读者的一系列活动，[4]这是广义的出版概念，它包括编辑、印刷、发行三方面。以上（1）（2）（4）偏向于"编印"、"复制"等出版工艺，虽然（3）中也有"复制"的部分，但其前提是"选择某种精神劳动成果"，这种"选择"是以后"复制"和"传播"的逻辑前提，这是本论文研究"出版"的重点。

此外，"选择某种精神劳动成果（文字、图像作品等）"包含两层基本含义：第一，作为选择的结果；第二，作为选择的过程。当以"作为选择的结果"这层含义对"体育图书出版"进行研究时，研究对象就指向由各种作品构成的整个体育图书出版结构。当以"作为选择的过程"这层含义对"体育图书出版"进行研究时，研究对象则指向具体的体育图书出版选题过程了。

由于本论文的研究是以"针对体育运动的精神劳动成果"为主要研究对象，因此本论文"体育图书出版"研究主题中的"出版"将采纳"选择某种精神劳动成果（文字、图像作品等），利用一定的物质载体进行复制以利于传播的行为"这层出版含义，将"体育图书出版"描述为"选择针对体育运动的精神劳动成果，利用纸质载体进行复制以有利于体育文化传播的行为"。

三、出版结构

结构，为整体的一般特征所制约的各部分之间的相互关系。[5]如产品结构，就企业来说，是指企业所生产的各种产品在全部产品中的构成

---

[1] 中国社会科学院语言研究所词典编辑室编.现代汉语词典［M］.北京:商务印书馆,2001

[2] 辞海编辑委员会.辞海［M］.上海:上海辞书出版社,1989

[3] 边春光主编.出版词典［M］.上海:上海辞书出版社,1992

[4] （日）布川,角左卫门主编.简明出版百科辞典［M］.北京:中国书籍出版社,1990

[5] 王同亿主编.语言大典［M］.海口:三环出版社,1990

和比例。[1]

"图书结构指出版的各类图书的比例、构成状况。"[2]那么，按《中国图书馆分类法》（第四版）分的22大类图书出版情况以及它们各自在这22大类出版物中所占的出版比重就是我国的图书出版结构。"体育图书出版结构"就是《中国图书馆分类法》（第四版）的分类体系中关于G8类体育图书中10个小类别在G8类图书中的构成以及各自的出版比例。

《中国图书馆分类法》（第四版）的分类体系中关于G8类体育图书的编排类目号如表1-1所示：

表1-1 《中国图书馆分类法》(第四版) 关于G8类体育图书的编排

类目号	名　称	内　容
G8	体育	包括：G8.49体育普及读物、G8.53体育论文集、G8.54体育年鉴、年刊、G8.61体育名词术语、G8.62体育手册、名录、指南、一览表、年表、G8.64体育图表、G8.7体育文献检索工具
G80	体育理论	包括：G802体育运动美学、G803体育伦理学、G804体育基础科学（运动人体科学）、G806体育锻炼、G807体育教育、G808运动训练、运动竞赛
G81	体育事业	包括：G811世界体育事业、G812中国体育事业、G813／817各国体育事业、G818运动场地与设备、G819体育运动技术（总论）
G82	田径运动	包括：田径运动理论、G821竞走、G822跑、G823跳、G824投掷、G825全能运动、G826定向运动
G83	体操运动	包括：体操运动理论、G831基本体操、G832竞技体操、G833技巧运动、G834艺术体操、G835运动辅助体操、G837　团体操
G84	球类运动	包括：球类运动理论、G841篮球、G842排球、G843足球、G844手球、G845网球、G846乒乓球、G847羽毛球、G848棒球、垒球、G849曲棍球、橄榄球、高尔夫球、地滚球(保龄球)、其他球类运动
G85	武术及民族形式体育	包括：G852中国武术、G853／857各国民族形式体育
G86	水冰雪运动	包括：G861水上运动、G862冰上运动、G863雪上运动、G865现代冬季两项

---

[1] 唐丰义,沈鸿生等主编.实用工业经济管理辞典［M］.北京:轻工业出版社,1984

[2] 孙宝寅编著.出版经营管理［M］.北京:清华大学出版社,1995

续 表

G87	其他体育运动	包括：G871射击、G872汽车、摩托车、自行车运动、G873军事野营、G874航海运动、G875航空运动、G876无线电运动、G881登山运动、G882马术、马球、G883健美运动、G884举重、G885击剑、G886拳击、摔跤、柔道、空手道、G887射箭、G888现代多项运动
G89	文体活动	包括：G891棋类、G892牌类、G893康乐球、台球、弹子、G894私人收藏、G895旅行、G896狩猎运动、G897钓鱼、G898游戏、G899其他文体活动

　　笔者参考了原新闻出版署署长于友先主编的《新中国图书出版五十年》[1]、出版界老前辈的《刘杲出版文集》[2]、《王子野出版文集》[3]等著作，以及《2004～2005中国出版业发展报告》[4]、《2005年度书业产业报告》[5]等出版行业报告，《中国的图书市场》[6]、《出书结构调整直面的几重关系》[7]等多篇与"出版结构"或"图书结构"主题相关的学术论文，认为在出版界提到的"出版结构"或"图书结构"内容实指同一事物，因此，本论文将统一使用"图书出版结构"一词。

四、出版选题及选题重复

　　出版选题是伴随着人的出版行为的产生而产生的一种对出版内容的选择、缔造与创新活动。出版选题的概念具有多义性，在计划经济时代图书编辑活动中认为，出版选题是一个静态的概念，就是指所出图书的题目。[8]随着市场经济体制在我国社会经济活动中越来越占据主导地位，出版选题概念内涵的深化，出版选题应该是一个复杂的动态概念。

---

[1] 中国出版年鉴社主编.中国出版年鉴·2000 [J].中国出版年鉴社,2000

[2] 刘杲.刘杲出版文集 [M].北京:中国书籍出版社,1996

[3] 王子野.王子野出版文集 [M].北京:中国书籍出版社,1997

[4] 郝振省主编.2004-2005中国出版业发展报告-中国出版蓝皮书 [M].北京:中国书籍出版社,2005

[5] 中国书刊发行业协会非国有书业工作委员会联合专家咨询机构推出的《2005年度书业产业报告》

[6] 巢峰.中国的图书市场 [J].出版科学,2006（1）

[7] 谢清风.出书结构调整直面的几重关系 [J].出版科学,2002（1）

[8] 苗遂奇.现代出版选题学引论 [M].苏州:苏州大学出版社,2005

动态的出版选题在内涵上包括三个层面的内容：第一，指书的题目和构想，是一本书或一套书的主题思想、主要内容和书名的总体设计，也指出版社为准备编辑出版的图书或杂志文章所预先拟订的题目及内容要点。[1]第二，指选题计划，即按一定的出版观念和编辑方针对出版社的全部选题进行的总体安排和整体部署。选题计划决定着出版社的发展方向。[2]第三，指职业，出版编辑为了完成某项特定的出版任务而主动进行的有意识、有目的的编辑策划活动，因此又可以称为选题策划、选题设计。[3]总体上看，出版选题包括：题目（选题的名称）和书名；主题内容；编辑意图和编辑形式；作者和写作要求；读者和购买者；宣传营销方式方法等要素。从"体育图书出版"概念上看，"选择针对体育运动的精神劳动成果，利用纸质载体进行复制以有利于传播的行为"，这里的"选择"就具有明显出版选题的意义。

对于一个具体到出版社的管理层面，选题的决策管理功能是由出版社或某一选题的主要负责人领导实施的。他们或者是出版社的社长、总编，或者是出版社的选题会议组成人员，或者是策划编辑个人，本论文中将统称为出版选题人。

出版选题重复指同一或相似主题、内容的选题在相对集中的时间内以不同的版本形式出版的现象，例如北京体育大学出版社出版的《大学体育》、河海大学出版社出版的《大学体育》、上海交通大学出版社出版的《大学体育》与江西科学技术出版社出版的《大学体育》是一种书名相同、内容相似的选题重复情况；另外像关于奥林匹克知识的各种出版物，如《奥林匹克运动》、《奥林匹克运动读本》、《奥林匹克知识市民读本》、《奥林匹克运动百科全书》等虽然书名不尽相同，但是内容大同小异，这也是一种选题重复情况。这类情况在体育图书的入门知识型、基础知识普及型出版物中出现的比较严重。而在一种选题下的不同系列选题，如在"健美"选题下的"胸部健美"、"腹部健美"、"腿部健美"等，用"属和种差"理论来描述，则它们同属于"健美"属，它们之间的种差为不同身体部位的健美，子母选题之间虽然有重复的地方，但并不构成各自的出版重点和主要知识体系的重复，因此，在

---

[1] 边光春编. 出版词典 [M]. 上海：上海辞书出版社，1992

[2] （日）布川，角左卫门主编. 简明出版百科辞典 [M]. 北京：中国书籍出版社，1990

[3] 赵航. 选题论 [M]. 沈阳：辽宁教育出版社，1998

本论文中不认为其是选题重复，而认为这应该属于系列选题。这种系列选题将一种选题按不同的细分标准进行细化出版，在某种程度上应该说是丰富了出版品种，只是这种出版方式较原创作品缺乏更多的创新性。

出版选题重复现象会造成国家出版资源的浪费，有时也会被一些商家利用进行商业推广甚至炒作，在一定程度上会影响图书市场正常活动。如果在图书出版结构中，某一类别的比例主要是由于较高选题重复率造成的，那么这种结构将是一种畸形的出版结构。

五、体育"专业"出版社与"非体育专业"出版社

1983年11月18日文化部下发了《关于专业出版社应严格按专业分工出书的通知》，明确指出"严格按专业分工出书是加强出版管理、提高图书质量的一项重要措施。各专业出版社要集中力量出好本社分工范围的各类图书，不要越出本社的出书范围出版其他图书"。[1]这种出版社专业分工本质上是在计划经济条件下，出版行政管理机关为适应社会发展的需要而采取的一种出版管理手段。随着社会经济的发展，为促进政府职能转变，提高依法行政水平，保障新闻出版业改革发展，2003年7月16日新闻出版总署通过署务会议审议通过21号令，废止了这一实行了20年的政策。

由于本论文所收集到的是从1949年到2008年的数据，而关于"出版专业分工"的政策是2003年才废止的，因此，为便于研究和叙述，本文撰写过程仍将全国所有出版社按出版社多年形成的出版重点及出版惯性描述为"体育专业出版社"和"非体育专业出版社"，这种提法仍然为业内所接受，而且对本论文的研究影响不大。

创办于1989年的奥林匹克出版社在完成它的历史使命后，于1998年停办。四川的蜀蓉棋艺出版社也于2001年8月，正式更名为成都时代出版社，由单一的棋牌专业出版社转化为综合性出版社。因此，到目前，在我国只有人民体育出版社和北京体育大学出版社两家属于真正意义上的"体育专业出版社"。

---

[1]　新闻出版署政策法规司编.中国新闻出版法规简明使用手册［M］.北京：中国书籍出版社,1994

第二节　体育图书出版的舆论引导功能

在人类文明发展史上，图书是最早的传媒，是其他媒体之源。图书有别于其他媒体的一个显著特点是"图书是以传播知识为目的"。这种特点使得体育图书在科学技术、信息传递手段高速发展的信息社会中，原来属于体育图书的功能——体育信息传播，渐渐被报刊、广播、电视、互联网等媒体所分担。知识和思想通过处于核心媒体的报纸、电视、网络等"热媒介"，更容易也更便捷地被大众所了解、吸纳、接受，而对人类文化做出过巨大贡献的图书媒介则成了现代传播活动的边缘媒体。

体育图书出版最主要的舆论引导功能几近湮没于信息传播功能越来越强大的"热媒介"中。但这并不意味着体育图书复制人类体育文明、传递体育知识、传播体育信息、宣扬体育精神的功能已经消失。

一、体育图书出版的舆论引导功能

（一）体育图书出版引导舆论是当前体育事业发展的当务之急

虽然经济的发展、社会的进步以及现代传媒技术的不断升级促使我国体育事业在世界体育事业迅猛发展环境中向"以信息革命时代或后工业时代为背景，在传统的教育事业和健康事业的基础上，以观赏性职业竞技和参与性大众健身为中心的，包括金融证券、产业经营、产品销售、媒体传播等在内的巨大产业体系—现代体育运动"稳步发展。但当前我国正处于社会转型期，同时现代传媒业为公众参与舆论活动提供了多样化的渠道，使得体育事业与各种新的矛盾和问题不断呈现在公众面前，如体育运动精神、体育竞赛的道德问题，引起公众的普遍关注，直观表现就是一个个"热点"、"难点"、"焦点"频频出现在公众话题与传媒报道中。

舆论是某种共同性的社会心理和社会思潮的表露，因此一说起舆论引导，大部分人认为主要是报纸、期刊、广播电台、电视台的事，对体育图书出版的舆论引导工作不以为然。其原因大概有：（1）认为图书出版的主要功能就是传播知识，传承文化，无所谓引导舆论；（2）认为图书出版周期长，不能像新闻传媒那样广泛、及时地介入并引导舆论。

但是，近年来我国大众传媒对全球化媒介娱乐风潮的无选择性迎合，以及对国外和港台"资讯+娱乐"模式的简单克隆，这种低水平的娱乐信息重复制造，导致了大众传媒品位的低下和受众欣赏趣味的表面化、庸俗化，使传播中的体育无处不流露出的"色情化"、"暴力化"、"新闻虚假化"等"娱乐化"倾向，这无疑成了"媒体制造"时代的鲜明特征。作为传递物的"情绪"的物质基础不再是新闻事实，而是体育运动中的"非常态偶在性"事件；作为传播的物质载体的新闻文本也是虚假和极力避免中心化，"议程设置"也已经偏离社会健康轨道。[1]受众的小农依附心理以及适德本位的非批判思维方式以及缺乏实证分析的精神在今天仍占主导地位。大众媒体也普遍缺乏一种批判的态度和实证的精神。公众在对大众媒体进行的议程设置上依然缺乏冷静思考的姿态，特别是在具有争议性的问题上，一些大众"热媒体"不仅未尽所肩负的正确舆论引导的社会责任，相反却推波助澜，有舆论失衡乃至导向错误的危险。因此，"选择针对体育运动的精神劳动成果，利用图书形式以有利于体育文化传播的行为"的体育图书出版做好舆论引导工作，为社会创造一个和谐健康的舆论环境，就显得十分迫切和重要。

（二）体育图书出版的舆论引导功能

在今天，高度发达的大众传媒已经取代体育图书成为体育舆论的传播中心。但是，这并不意味着体育图书出版舆论功能的消失。

其一，舆论作为一种重要的社会意识，同人类社会可谓是与之俱来。由于它关系到人心的取向，进而影响社会稳定，统治阶级无不重视对社会舆论施加影响乃至控制。图书出版事业的诞生，为实现这种目的提供了有力的手段，因为图书使用的是文字语言，又可以长久保存，它对社会舆论的影响，比使用口头语言和其他非语言传播手段要大得多。因而统治阶级历来都很重视图书的舆论影响，注重利用图书来宣传自己的主张，图书成为他们的"代言人"。

其二，数千年的中外体育文化精华为体育图书出版人提供思想的养分，这是体育图书出版参与种种舆论活动的文化基础。在体育出版史上，具有舆论引导作用的体育图书为数不少，如《体育之进行与改

---

[1] 吴文峰. 我国体育大众传播泛娱乐化的传播学解析［J］. 武汉体育学院学报, 2008（4）

革》（商务印书馆，1920），《体育真义之科学分析》（金兆均，1942），《体育之研究》（二十八画生，1958），《大扫骄娇二气》（人民体育出版社，1965），《体育现代化》（熊斗寅，1987），《体育的社会文化审视》（卢元镇，1998），《中国近代知识分子对体育思想之传播》（徐元民，1999）······

其三，体育图书出版是选择一定的体育运动的精神劳动成果并加以传播的过程，在编辑活动中，取舍之间就体现着引导的目的。体育图书出版虽不如新闻传播迅速，但也可以被数量巨大的读者所接受，从而产生持久的体育舆论影响力。如以现代奥林匹克运动为代表的现代体育组织者也通过法律条文、词典、学科术语、科学模式、科学定律、比赛规则等的出版，并经由教育、大众传播、国家干预等行为，向参与者宣扬体育组织运作章程、格言以及体育精神等[1]。这正如阙道隆在《编辑学理论纲要》中所说："编辑活动通过对信息、知识的选择、解释和评论，可以引导社会舆论，制造社会舆论。"[2]

二、体育图书出版的舆论引导机制

引导舆论是体育图书出版工作的基本功能，我们应认识到体育图书出版在引导舆论方面与报纸、电视等大众新闻媒介有着不同的机制和特点，了解这些对我们做好体育图书出版舆论导向工作有着重要的意义。

（一）体育图书出版舆论引导的生成机制

大众传播媒介在一定阶段内对某个事件和社会问题的突出报道会引起公众的普遍关心和重视，进而成为社会舆论讨论的中心议题，大众传播媒介对改变和坚定受众的态度、对形成一致的看法、对提高媒介人物的知名度和媒介事件的轰动效应有着强大的导向作用。无论是新闻传播活动，还是体育图书出版活动，其本身并不是舆论。

在传播学中，"议程设置"理论是解释媒介影响舆论生成机制的。[3]该理论的主要观点是：大众媒介可以通过设置"议程"，即将问题和事件以重要性的不同为顺序，排列报适的先后与主次，促使公众将

[1] 龙军,吴文峰.论在传统文化外壳包裹下的现代体育流行文化内质 [J].体育文化导刊,2006（4）

[2] 阙道隆.编辑学理论纲要 [J].出版科学,2001（3）

[3] 邵培仁.传播学 [M].北京:高等教育出版社,2000

注意力转向某此特定的话题和观点，从而影响他们的态度。现代体育图书出版引导舆论是从"出版社为准备编辑出版的图书所预先拟好的题目及内容要点"到"按一定的出版观念和编辑方针对出版社的全部选题进行的总体安排和整体部署"，直至"职业出版编辑为了完成某项特定的出版任务而主动进行的有意识、有目的的编辑策划活动"三个层面上精心策划并设置"议程"的过程。

体育图书出版是对人类体育运动文化灵魂的寻求，以建构人的精神生活、精神生产、精神消费、精神家园并积极推进现代体育事业健康发展为目的的体育文化选择活动。人类体育运动文化的一切形态经过选题人的价值选择和价值评判都可以进入"议程"设置，即选题活动的范围。从而使体育图书出版"以物化形式积累传承，以物质媒介传播，外化为种种物态形式和机制，形成不断演化的知识体系，形成左右文化走向的尺度，并在社会机制中不断同化，形成共同的价值尺度"，实现对舆论的引导功能，建起一座座人类体育运动精神文化的大厦。

（二）体育图书出版舆论引导机制的运行

舆论引导本身是一种心理的引导，引导中要分析对象的心理结构，针对其心理特征采取不同的引导措施。传播学中的"使用与满足"理论是解释人们使用媒介的动机。[1]该理论认为，人们使用媒介是基于一种需要，媒介要想使传播有最佳效果，就必须充分满足受众的不同需求。这就告诉我们，媒介的舆论引导，不能不考虑公众在舆论活动中的心理特点，而且还要充分满足公众的需求。高水平的舆论引导就要发挥自己的优势，贴近公众的心理，根据他们的不同需求，因势利导，从而取得理想的效果。

由于体育出版者在体育图书出版过程中越来越参与到对作品本身所体现的社会意义的建构过程中，所以体育图书出版者的传播意图会以间接的、潜移默化的方式融入读者的阅读行为中。而出版者的传播意图是否能够实现，关键在于引导阅读者是否能够通过有形的物质载体而进入无形的精神文化的交流状态中。

这些体育图书在内容上注重体现体育文化、体育精神的人和事的传播挖掘，强调文化和娱乐含量；在内容的表现形式上更加强调实用性、

---

[1] 邵培仁.传播学［M］.北京:高等教育出版社,2000

趣味性、时代性；在传播符号的运用上，追求语言符号的清晰、简洁，越来越多地使用图片、图象等非语言符号；在文本的编排形式上，追求使用越来越简易的编码，力图使所有受众都能理解它的信息，从而打破社会群体之间的界限；在媒体文化范式上，将信息融汇在叙事格式中，或将特定的强调某些细节而舍弃其他细节的角度强加给受众，使得体育图书文本作为个体读者能够接受的图文符号系统，具有允许读者以不同方式进行解释的可能性结构，读者通过自己的阅读过程使文本的意义得以具体化，从而令体育图书的舆论引导功能得以实现。

三、体育图书出版舆论引导的主要特质

（一）体育图书出版的舆论引导是一种传统的自主型引导

美国社会学家理斯曼在其著作《孤独的人群》中，将人类社会引导公众形成观念和性格的方式按历时顺序分为"传统引导型"、"内部引导型"、"他人引导型"。[1]体育图书扮演的是"内部引导型"角色。读者根据自己的阅读记忆和解释需求而对体育出版文本进行甄别和取舍，通过对文本图文符号的识读和解码，并调动自己全身心的生命体验，而对文本重新进行编码和解释，并在对出版文本重新编码和解释的基础上，与作者的创作目的和传播者的潜在意图进行积极的对话和意见反馈，从而对读者产生心灵内部引导力量，有助于形成自主倾向性的人格。而大众新闻媒介扮演的是"他人引导型"角色，这种引导有着开放、宽容的一面，但也可能使公众过分依赖于大众媒介，自主性大为减弱。在这样一个大众传媒无孔不入的时代，我们对体育的舆论引导工作如果能适度"回归"到传统的书籍式引导，将有助于公众形成对体育运动的自主性、批判性的舆论态度，这对社会舆论的和谐健康发展也是很重要的。

（二）体育图书出版的舆论引导的高度系统性

新闻传播具有广泛、快速的传播优势，因而其舆论引导具有及时性、客观性、动态性，但同时也存在分散性。体育图书出版周期长，一般不直接反映社会中的舆论事件。但体育图书出版所传播的信息，主要

---

[1] ［美］大卫·理斯曼.孤独的人群［M］.王崑译.南京:南京大学出版社,2003

是体育运动的精神劳动成果，包括体育文化知识，也包括体育文学艺术。体育图书传播的体育文化知识是体育运动中的科学真理，当失去信息的价值后，能概括或升华为构成体育知识体系中的组成元素。这种信息是作者长期认真创作和编辑精心选择的结果，具有高度的系统性、深刻性、稳定性。体育图书出版作为"以知识为基础的职业"[1]之一，一方面在选题上要受到体育发展规律、体育运动知识扩展与传播逻辑的制约；另一方面，体育图书出版选题作为生产、传播和扩展体育运动知识的中介之一，又有着自己的运思逻辑，即"获得、操纵、组织和传播关于知识的知识"[2]的逻辑。根据知识的共享性原理，体育知识必须通过传播的途径进行有效的扩展才能实现其功能，在这种情况下，体育运动知识的传播、扩展逻辑与体育图书出版选题的运思逻辑必须达到某种内在的平衡。

（三）体育图书出版舆论引导的历史责任性

图书在公众心目中是知识与文化的代名词。人们为什么要读书？因为读书不仅能让他们认识自我，而且能全面地了解社会，在此基础上形成科学的正确的世界观、人生观、价值观。也有人说"一本好书能决定一个时代"，就是这个道理。没有图书的引导舆论行为就可能走向非理性，造成极具破坏力的影响。当前我国公众的整体文化水平不是很高，低级趣味、封建迷信、拜金主义、专制特权等思想，这在很大程度上影响了舆论活动的质量。为此，应大力开展群众性读书活动，出版界则要为普及科学文化知识、提高民族文化思想素质贡献自己的力量。

体育图书出版引导舆论，就是对待体育运动中出现负面事件和言论时，不仅应该事实求是地解述事实真相，站在文化层面高度提出问题，更应该对问题的发生勇敢地表达自己的立场，要强化大众热媒体的正面舆论，壮大其声势，同时打击负面舆论，减弱其势力，启发公众从谬误舆论中摆脱出来，增强公众对负面舆论的抵抗力。对待今人困惑的事件，体育图书要发挥"图书"的特性作出系统性的过滤、筛选、解释、提供指南或指示，用全面、深刻、准确的意见校正公众的思想混乱。正确的舆论必然会为多数人所接受，进而形成一种意识力量，对立的舆论必然会被淘汰。

---

[1] ［加］尼科斯特尔.知识社会［M］.上海:上海译文出版社,1998
[2] 李京文.知识经济与决策科学［M］.北京:社会科学文献出版社,2002

第二章 新中国体育图书出版事业发展的历史演进

　　回顾新中国成立以来60年的体育图书出版事业，虽然有曲折、有挫折，但是，就其总体来看，它贯穿着为社会主义服务、为人民大众日益增长的对体育文化生活的需要服务这样一条主线。特别是在党的十一届三中全会以来，体育图书出版业的发展成就是令人瞩目的，也是出版工作者值得欣慰与自豪的。总结取得的成就、经验，特别是应汲取的教训，对于在新的形势下推进体育图书出版业的发展与繁荣是有意义的。

　　我国体育图书出版业的面貌发生了深刻变化，取得了辉煌的成绩，出版实力大为增强，主要体现在：(1)参与体育图书出版的出版单位的数量增多了；(2)随着时代的发展，体育出版领域也得到了拓宽，体育出版工作中融汇了体育音像制品和电子出版物，成为体育出版业新的经济增长点，并保持了较强的增长势头；(3)体育出版物的品种数量迅速增长，质量显著提高，精品不断涌现，买方市场初步形成；(4)反映体育出版规律的出版管理体制和运行机制正在逐步形成，出版管理水平有所提高，为人民日益增长的对体育文化需求服务出版的意识增强。党的十五大提出的"加强管理、优化结构、提高质量"的要求，正在对我国出版业的发展产生深远的影响；(5)体育出版对外交流不断扩大，在1995～2002年，北京地区开展版权输出的115家出版社中，人民体育出版社位居首位，我国的体育出版业在世界的影响有所提高。

　　自1949年新中国建立以来到2008年，我国体育图书出版事业经历了两个不同历史时期的发展历程：即从新中国成立到文化大革命结束（1949年到1976年），从改革开放到现在（1977年到2008年）。根据中国图书出版史和中国体育史，并结合中国体育图书出版发展实际情况，将体育图书出版事业在这两个不同历史时期的发展历程中，划分为六个发展阶段：(1)从1949年10月到1956年底，是新中国体育图书出版事业建立阶段；（2）从1957年到1965年，是曲折前进阶段；（3）1966年到1976年，是受摧残和破坏阶段；（4）1977年到1989年，是复兴和高速发展阶段；（5）1990年到1999年，是"U"型发展阶段；（6）2000年到2008年，是奥运特色期。

第一节　曲折发展中的中国体育图书出版

一、新中国体育图书出版事业建立阶段（1949～1956年）

新中国成立后，中国图书出版事业得到了党中央的高度重视和关怀。1949年10月3～19日，新中国成立后召开了第一次全国出版工作会议，确定了新中国出版事业发展的基本方针是：为人民大众的利益服务。

从我国新中国成立后到1956年底，社会主义改造基本完成，经济上取得了3年恢复国民经济和第一个5年计划建设的辉煌胜利。这些都为"要求体育事业要为社会主义革命和建设服务"，为群众体育知识的普及，运动技术水平的提高以及赶超世界先进水平打下了坚实基础。同时，体育知识、科学的锻炼方法等的宣传、普及、推广得到了党中央的高度重视和关怀。1950年毛泽东主席为《新体育》杂志题写了刊头。1954年1月1日，人民体育出版社在北京成立，从此我国体育图书出版工作开始走向有组织、有计划地出版工作阶段，这标志着新中国体育图书出版事业建立起来了。

从1949年到1956年，是新中国体育图书出版事业建立第一阶段，共出版体育图书768种，占了目前搜集到的从1903年到1948年45年间在大陆（非严格意义上）出版的1110种左右体育图书的近70%，这是新中国成立后我国体育图书取得的第一个伟大成就。

这个阶段能取得这样好的成绩，是众多出版单位共同努力的结果。从1949年参与体育图书出版的12家发展到1956年的66家，参与体育图书出版的出版社呈快速增长趋势，并且1956年成为我国体育图书出版第一个发展历程里参与体育图书出版的出版社数量最多的一年。

这个阶段的出版结构如图2-1所示：

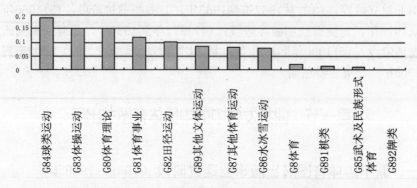

图2-1 1949～1956年我国体育图书出版结构图

这个时期，我国体育图书出版工作是围绕着"发展体育运动，增强人民体质"重点展开的。1951年5月4日到18日，新中国成立后的第一次全国性的篮球、排球比赛大会在北京举行，掀起了全国篮、排球热；从1951年起，第一套广播体操、工间操、少年广播体操、儿童广播体操陆续推行；1954年5月4日中央体委公布"准备劳动与卫国"体育制度（简称劳卫制）的暂行条例和项目标准等等都体现中央人民政府体育运动委员会党组关于加强体育运动工作的报告中指出的"改善人民健康状况，增强人民体质，是党的一项重要政治任务"。人民体育出版社积极出版了大量配合全国不断掀起的人民体育运动高潮的图书，这从该时期出版结构可以清晰地反映出来。

在1957年之前，我国图书出版，包括体育图书出版，发展是顺利的、健康的，关于出版的方针、政策是符合社会发展实际要求的。我国的社会主义出版事业已奠定了坚实的基础，成为社会主义文化事业的一个重要方面。

二、曲折前进阶段（1957～1965年）

从1957年到1965年（"文化大革命"前夕），我国出版事业在前一阶段的基础上继续有所发展，但这一阶段的出版工作由于受到"左"的指导思想的影响，经历了不小的曲折和挫折，也是我国体育图书出版事业曲折前进的第二阶段。

这个发展阶段，体育图书出版也进行"大跃进"，1957年、1958年持续增长，到1958年达到新中国成立以来第一次出版高峰，当年出版品种达到262种。这一阶段的体育图书出版结构与上一阶段比较相似，如图2-2。

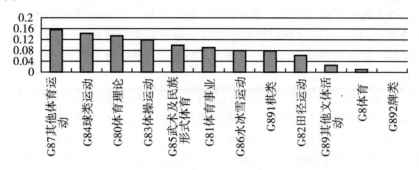

图2-2　1957～1965年我国体育图书出版结构图

1960年3月8日，毛泽东主席指示："凡能做到的，都要提倡做体操、打球类、跑跑步、爬山、游水、打太极拳及各色的体育运动。"这些方面的出版物得到大量出版。这一阶段我国跳伞运动、射击、航模、登山等运动都取得了突破性的好成绩，推动G87其他体育运动图书的出版比例迅速上升。

在政府的牵头组织下，武术运动由原来散落在民间的技艺成为了人民大众喜闻乐见的体育项目。1958年9月，全国武术运动会在北京举行，出版界在这个时期适时地加强武术图书的整理出版工作。一些新拳种，如"青年拳"、"生产拳"等应运而生，也是这个时期武术图书出版的一个特点。

从1959年中国运动员容国团在第25届世界乒乓球锦标赛上获得第一个世界冠军，1960年4月7日国际乒乓球联合决定中国制造的"双喜牌"乒乓球为国际比赛用球，以及第26届世界乒乓球锦标赛上中国男子乒乓球队战胜了5次蝉联团体冠军的日本队，中国刮起了"乒乓球"风，有关乒乓球方面的出版物大量出版补充了原来"球类"出版物，使得"球类"出版物仍然高居这个时期出版结构榜首。

陈毅同志说过："国运盛，棋运盛；国运衰，棋运衰。"1957年，围棋被正式列入国家竞赛项目后，出版界也开始出版了一批围棋书籍，促进了围棋运动的进一步发展。1962年10月，陈毅同志观看了在北京举行的6城市少年儿童围棋比赛，并给小棋手们发了奖。围棋图书的出版也是这一时期出版的"亮点"之一。

1964年11月，第一届全国体育科学报告会在北京举行。参加会议的有各省、自治区、直辖市体委，体育学院和解放军等82个单位的126人。会上报告了运动训练、体育教育、运动生理、运动医学等方面的科学论文109篇。这届体育科学大会是我国建国以来体育科学学术、理论成果的一次集中展示，也是当时体育基础理论出版工作情况的一个侧面反映。

1956年11月，中华全国体育总会为了抗议国际奥林匹克委员会个别人制造"两个中国"的行径，发表申明不参加第16届奥运会。同样的理由，1958年8月19日，中华全国体育总会发表申明不再承认国际奥林匹克委员会，并同它断绝一切关系，退出国际足球、游泳、田径、举重、射击、摔跤、自行车联合会及亚洲乒乓球联合会。正因为这样的原因，"体育事业"类图书整体出版品种数大大下降，而且把出版重点放在"中国体育事业"图书的出版上。

由于1958年工作中的错误，加上3年困难时期的影响，使体育工作进入了低潮，体育图书出版工作急剧缩水，从1958年的出版高峰又回到了建国初期的水平。

总起来看，从新中国成立到"文化大革命"前的17年间，体育图书出版虽然经历了这样那样一些曲折，但出版为人民大众的利益服务的基本方针，为宣传、普及、提高人民大众的体育知识、技能水平服务，为劳动生产和国防建设服务的基本方针始终没有动摇，这期间关于图书出版工作的一些重要原则，如出版社的基本任务、出版社的分工、图书的质量、价格、教科书的出版原则、面向大众出书的方针等；关于图书出版的一些重要法规、制度，如关于出版物的禁载内容标准等，迄今仍有重要的启示和指导作用。

三、受摧残和破坏阶段（1966～1976年）

从"文化大革命"开始到结束的十年，基本培育形成的社会主义出版生产力受到极其严重的摧残与破坏。

"文革"开始不久，国家以及各省市区的出版行政管理机构即陷于瘫痪，全国各出版机构和出版工作也处于停滞状态。1966年11月，人民体育出版社也被迫停止出版图书，这标志着我国体育图书出版进入了一个受摧残和破坏"黑暗"的时期。这个时期一共出版体育图书251种，而从1966年11月，人民体育出版社停止出版图书到1972年6月恢复体育图书出版期间，我国共出版体育图书仅10数种。这个时期，我国体育图书出版工作跌到了历史的谷底。

这一时期的图书出版已完全脱离了为社会经济、政治、文化等各方面需要服务的轨道，完全脱离了为人民大众利益服务的基本方针，图书出版表现出扭曲、畸形的状态，如图2-3所示。

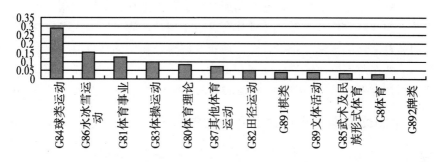

图2-3　1966～1976年我国体育图书出版结构图

但在这个"黑暗"的时期，出现了"乒乓外交"（也就是"小球转动地球"）方面的历史性胜利，取得了震惊世界的奇异效果。有关乒乓球运动方面的、乒乓人物方面的出版物成为这个时期增长最显著的图书品种之一。

1966年7月，毛主席畅游长江，并对陪同人员说："长江水深流急，可以锻炼身体，可以锻炼意志。"国家体委发出通知，要求全国各级体委要进一步贯彻毛主席的指示，开展群众性游泳活动。1972年6月，国家体委下发《关于纪念毛主席"七·一六"畅游长江六周年》和开展夏季游泳活动的通知，以及1976年全国各地隆重纪念毛主席畅游长江十周年的游泳活动，都为体育图书出版提供了丰富素材。

这两个历史事件成为这个时期人民体育出版社恢复出版工作后的出版切入点。

"文化大革命"的十年动乱，使我国的社会主义事业遭到建国以来最严重的挫折和损失，体育出版事业也受到了极大的摧残和破坏。这种状况从"文革"后期开始得到一定的调整与改善。

第二节　中国体育图书出版改革开放30年

改革开放30年以来，我国体育图书出版始终坚持以马克思列宁主义、毛泽东思想、邓小平理论和"三个代表"重要思想为指导，坚持以人为本、全面协调可持续的科学发展观。贯彻百花齐放、百家争鸣的方针，唱响主旋律，提倡多样化，贴近实际、贴近生活、贴近群众。积极宣传党的体育方针和政策，传播体育思想和精神，满足广大人民日益增长的体育文化的需求，持续、深入地普及健康、科学的体育健身、娱乐知识，并在此基础上引导受众树立健康、科学的体育意识和体育观，营造我国体育事业发展的健康、和谐的舆论环境。

一、中国体育图书出版改革开放30年概况

1972年6月，人民体育出版社恢复出版，标志着我国体育图书出版终于走出了严冬。1979年12月，在长沙召开了全国出版工作会议，调整了我国出版社的经营方针，变"地方化、群众化、通俗化"为"立足本地，面向全国"，从而大大调动了我国图书出版的积极性，促进了全国出版业的迅速发展。至此，我国图书出版迎来了春天。

改革开放后，我国更加积极地参与国际体育事务，参加国际体育赛事，我国体育出版事业在受我国图书出版宏观环境影响的同时也受国际体育发展形势的影响。例如，从1990年到1995年，是中国图书出版的"盘整"时期，体育图书的出版也出现了改革开放以来第一次下滑。自2001年北京申奥运成功起，我国体育图书出版进入了特有的"奥运"发展期。从1978年年出版50种到2008年年出版1960种，我国共出版体育图书19265种，其发展总体有高潮也有回落，但发展整体趋势是稳步上升的，如图2-4（虚线为发展趋势线）所示：

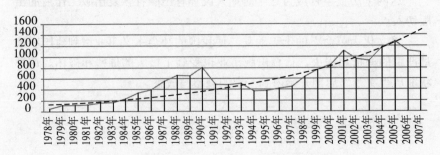

图2-4　改革开放30年我国体育图书出版发展脉络

根据《中国图书馆分类法》（第四版）对G8类体育图书的分类，中国体育图书出版改革开放30年来所呈现出来总的结构如图2-5所示：

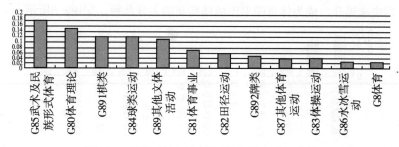

图2-5　改革开放30年我国体育图书出版结构

体育图书的出版结构反映了特定的历史时期中，读者对体育文化的需求和出版单位对体育出版物文化市场供给的博弈结果，也是这一时期体育文化发展状况的晴雨表。

二、改革开放30年间，我国体育图书出版发展历程

在我国改革开放30年间，我国体育图书出版经历了3个历史发展阶段：

（一）复兴和高速发展时期（1977～1989年）

从1977年开始，特别是1978年12月召开的中共十一届三中全会，是新中国成立以来党的历史上具有深远意义的伟大转折。这次全会摆脱了"以阶级斗争为纲"的指导思想，确定把全党工作的重点转移到社会主义现代化建设上来，我国出版事业重新恢复了生机，开始进入了复兴和改革开放后的高速发展的新时期。

这一时期，共出版体育图书3561种，是自建国以来到1976年出版体育图书品种数的近2倍。出版界参与体育图书出版的热情又得到恢复，并表现出更大的主动性。1977年，全国有27家出版社出版体育图书38种，到1989年，全国有259家出版社参与体育图书的出版，出版的体育图书达到648种。这个时期，参与体育图书出版的出版社增长了近10倍，体育图书品种1989年比1977年增长了17倍，中国体育图书出版工作第一次进入高速增长期。

这个时期体育图书出版的另一个变化是体育图书出版结构的变化：从1949年到1976年的三个阶段中占出版结构主导的"G84"、"G83"、

"G82"、"G86"等体育运动项目类图书在体育图书结构中的比例开始减小，而且"G85"类、文体活动中的"G891"在体育图书出版结构中比重得到快速提升，成为体育图书出版结构新的主导品种，如图2-6所示。

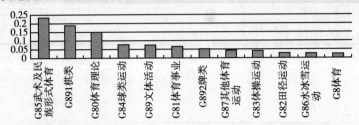

图2-6 1977～1989年我国体育图书出版结构图

1982年到1986年期间，在国家体委武术挖掘整理领导小组的统一部署下，在各级体委武术挖整组的积极参与下，动员了全国8000余名专职武术工作者和业余爱好者，耗资100多万元，开展了我国武术发展史上空前的"普查武术家底、抢救武术文化遗产"工作[1]，并组织多次全国武术挖掘、整理成果汇报会，使武术挖整工作进入了浩荡炽热时期。

从1984年10月6日开始，于1985年11月20日结束的历时1年多的中日围棋擂台赛曾经牵动众多中国人的心，当它最终以8比7战胜日本后，在国内掀起了1981年以来中国女排热后的又一个新热点——围棋热。1985年6月，在成都棋苑编辑部的基础上成立了全国唯一的一家棋牌专业出版社——蜀蓉棋艺出版社。我国的围棋图书出版不仅成为文体活动类图书的绝对主导品种，也成为全国体育图书出版结构中举足轻重的品种。

在这个发展阶段取得的成绩是显著的，1979年12月，在长沙召开的全国出版工作座谈会，突破了地方出版社长期以来的"三化"方针(地方化、通俗化、群众化)，提出地方出版社可以试行"立足本省、面向全国"的方针，很大地调动了积极性。1988年，中央宣传部、新闻出版总署发出《关于当前出版社改革的若干意见》（以下简称《若干意见》），《若干意见》对出版社改革的指导思想：优化选题、调整图书结构、开辟多种渠道、扩大出版能力等八个方面提出了指导意见。到20世纪80年代末，出版社由纯事业单位，逐渐转变为事业单位企业化管理、自收自支、自负盈亏的单位；基本完成了由生产型向生产经营型的

---

[1] 周伟良编著.中国武术史 [M].北京:高等教育出版社，2003

转变。这一时期，图书出版能力得到了快速的恢复和发展，全国"书荒"现象得到基本扭转。

但我国出版事业也是"摸着石头过河"，在出版体制改革过程中暴露出一些严重的问题：(1)体育图书品种增长过快。1977年到1989年体育图书品种增长了近10倍。图书品种增长过快，而图书的总印数增长则较缓慢，因此，图书的平均印数下降，使图书出版的社会供给量和出版单位的经营效益均有所下降。(2)体育图书出版创新不足，低水平重复严重，同一题材重复安排出版，有的同一种书重复安排的版本竟达几十种、甚至上百种，影响到体育图书出版的进一步发展。(3)一些出版社在处理社会效益与经济效益的关系上，出现偏差，片面迎合读者和市场，造成了很坏的社会影响。有些出版社放弃审稿把关、印制、发行等责任，以协作出版的名义卖书号，而社会一些书商、文化公司等钻空子买书号以获取国家的出版权，出书牟取暴利的现象在这个时期表现得也较严重。(4)相当一些出版社的经营运行机制、经营管理水平开始不能适应市场竞争发展的需要。

（二）"U"型发展期（1990～1999年）

进入20世纪90年代前期，我国的图书出版已呈现出初步繁荣的景象。从这一时期图书出版的品种和印数以及出版社的发展情况，也能看出经过十几年的改革开放后，图书出版初步繁荣的景象。这个阶段，我国积极参与国际体育事务，参加国际体育赛事，我国体育出版事业也受国际体育发展形势的影响。因此，我国出版事业的发展形势以及我国体育事业的发展形势都影响着体育图书的出版。

1990年9月，在北京举办的第11届亚洲运动会上，中国体育代表团大获全胜，在某种程度上洗刷了1988年中国奥运兵团兵败汉城的阴霾，成为进入90年代的开门红，10月国际武术联合会在北京成立……中国与世界的体育交流越来越广泛、密切，全国上下欢欣鼓舞，263家出版社以出版803种体育图书的形式来表达这种喜悦。1991年3月国务院批准成立2000年北京第27届奥运会申办委员会，体育图书出版得到一定支持，但1993年北京申办2000年奥运会落选了，沉重地打击了国人高涨的热情，致使1994年体育图书的出版跌落到这个时期的最低点，年出版369种。1995年《全民健身计划纲要》、《奥运争光计划纲要及实施方案》颁布实施，不仅有力地推动了群众体育事业，也开始为申办2008年北京奥运会做准备，由此又开始缓缓拉动体育图书的出版工作。从1998年北京市向中国奥委会递交举办2008年奥运会申请书起，我国体育图书的出版发展速率再一次提高，1998年比1997年增加185种，1999年比1998年又增加了125种，达到760种。

从1990年到1999年，我国体育图书的出版经历了一个由高速发展转而急剧下跌，平稳发展后又一次下跌，然后缓慢增长后急速增长的过程，类似大写英文字母"U"，因此，称此发展阶段为"U"型发展期。这个阶段的体育图书出版结构如图2-7所示：

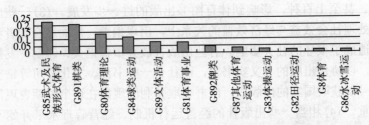

图2-7　1990～1999年我国体育图书出版结构图

在此"U"型发展期，一些被高速发展所掩盖住的问题以及在社会主义市场经济中产生新的亟待解决的问题都凸显出来了：

1. 体育图书品种增长与体育事业发展步伐不协调。2. 出版的随意性太强，体育图书出版重复严重发现象有增无减，体育图书出版的"体育"内涵体现不足。3. 体育图书出版与发行不衔接，出版品种数与发行量正比或反比关系越来越模糊。4. 没有处理好出版与体育事件的相互关系，出版品种受体育事件影响较大。5. 图书出版是我国宣传的重要喉舌，政策性体现较明显，如1996年，中央宣传部、国家体委、卫生部、公安部、国家中医药管理局、国家工商行政管理局联合下发《关于加强社会气功管理的通知》，1999年国家体育总局下发《关于用科学的健身方法占领体育活动阵地的通知》。通知要求各地体委大力推广、普及体育科学健身方法，主动夺回被"法轮功"占领的体育阵地。

（三）奥运特色期（2000～2008年）

2000年到2008年，可以说是中国体育界的"奥运"事件集中期。2000年6月，北京2008年奥运会申办委员会向国际奥委会递交了申请报告，2000年9月，中国体育代表团在悉尼第27届奥运会上具有出色表现，2001年7月，北京2008年奥运会申办成功，2002年1月，中国奥委会正式向国际奥委会推荐哈尔滨市作为申办2010年第21届冬季奥运会候选城市，2002年1月，国务院第54次常务会议审议通过《奥林匹克标志保护条例》，2002年2月，中国体育代表团在美国盐湖城举办的第19届冬季奥运会上实现冬季奥运会金牌零的突破，2004年中国体育代表团在雅典第28届奥运会上取得历史性好成绩等等。

2000年6月，北京2008年奥运会申办委员会向国际奥委会递交了申请报告，2001年7月，北京2008年奥运会申办成功，标志着我国体育事业的一个工作重点是进入围绕如何成功举办好2008年奥运会的"奥运"阶段，体育图书的出版工作重心也随之转向"奥运"。

2000年北京正式申办2008年奥运会以及2000年中国体育代表团在悉尼奥运会的出色表现强力支持着体育图书的出版。2001年北京申办2008年奥运会成功，体育图书的出版达到历史新高。2008年中国体育代表团在北京奥运会上获得历史性好成绩，我国的体育图书出版也达到本论文研究时间段的最高点。体育图书的出版的"奥运"性在这一阶段体现得淋漓尽致，如图2-8所示。

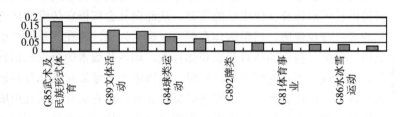

图2-8　2000～2008年我国体育图书出版结构图

从2000年到2008年共出版"奥运"主题的图书623种，占从1979年到2008年出版759种"奥运"主题图书的82.08%。这个时期，奥运经济、奥运理念、奥林匹克文化以及奥运知识类中奥运英语图书等奥运特色图书的出现都为体育图书增添了新鲜血液。

三、改革开放30年间，我国体育图书出版的主要特点

改革开放30年间，我国体育图书出版业的面貌发生了深刻变化，取得了辉煌的成绩，出版实力大为增强，主要体现在：(1)参与体育图

书出版的出版单位的数量增多了；（2）随着时代的发展，体育出版领域也得到了拓宽，体育出版工作中融汇了体育音像制品和电子出版物，成为体育出版业新的经济增长点，并保持了较强的增长势头；（3）体育出版物的品种数量迅速增长，质量显著提高，精品不断涌现，买方市场初步形成；（4）反映体育出版规律的出版管理体制和运行机制正在逐步形成，出版管理水平有所提高，为人民日益增长的对体育文化需求服务出版的意识增强；（5）体育出版对外交流不断扩大，1995～2002年，北京地区开展版权输出的115家出版社中，人民体育出版社位居首位，我国的体育出版业在世界的影响有所提高。

在改革开放30年间，我国体育图书出版逐步形成自己的发展特点：

（一）普及与提高相结合

随着社会文明进步，体育逐渐成为人们生活中不可或缺的一个组成部分。随着对体育健身和娱乐本质功能的认识，体育图书出版者将"以人为本"的思想深深地贯彻在体育图书出版中。在改革开放初期，我国体育图书出版结构就紧跟时代，进行了调整，坚持贴近实际、贴近生活、贴近群众的原则，以读者喜闻乐见的体育普及读物形式，来满足人民日益增长的对体育文化生活的需要，从而向社会积极宣传党的体育方针和政策，普及健康、科学的体育健身、娱乐知识，并在此基础上引导受众树立健康、科学的体育意识和体育观。如各种版本的奥运知识普及读物、各种健身方法的图书等。同时，也出版了大量最新的体育科研成果和引进了一批体育较发达国家的成果，如北京体育大学出版社出版的"中国体育博士文丛"，辽宁出版集团的"美国体育产业经营管理丛书"等，对提高我国体育科学和体育产业的发展提供宝贵的借鉴。

（二）在继承中发展，在发展中创新

我国是文明古国，丰富的体育文化资源成为我国体育图书出版取之不尽用之不竭的智慧源泉。通过出版人以己特有的对大量体育文化信息的挖掘整理、去伪存真的出版选题活动，使得人类体育文化最终以图书为媒介进行传播，并形成不断演化的知识体系。体育图书的出版就是对世界优秀体育文化和精神的追寻、提炼和铸造过程。

随着社会、经济和科学技术的迅猛发展，体育内涵的丰富与扩展，体育已不再局限于简单的运动训练及竞技项目，而向着科学化、现代化、产业化、多元化方向发展，也极大地丰富了体育图书出版资源。

现代体育的发展首先表现在体育运动形式的变化。体育运动在人类文明发展的过程也是不断地增添新的内容、增设新的竞技项目的过程。近十几年来，不断涌现新的体育项目，如体育舞蹈、沙滩排球、软式排球、蹦极、蹦床、激流回旋、警察体育五项等。

此外在体育的产业化、职业化发展过程中，不断产生的新出版主题，如体育经济、体育管理。

（三）体育图书出版具有明显的奥运特色

从2000年到2007年共出版"奥运"主题的图书532种。奥运类图书的出版不仅拉动了我国体育图书出版，而且为我国体育图书出版注入新的出版元素。1992年，王仲明编著了《奥运经济大观》作为1993年献给中国申办2000年奥运会著作，以及1993年周伟林根据当时关贸总协定与中国经济的关系主编了《经济奥林匹克》，成为我国最早探讨奥运经济的图书。到2001年北京申奥成功后，体育界学者从奥运项目营销、产业化运营、融资赞助等多角度不断丰富奥运经济的研究。奥运经济的研究已经成为我国体育产业研究的一个重要组成部分。

体育图书的出版具有奥运年出版的规律。对奥运类图书出版的研究发现，"奥运"类图书在奥运年的出版数量都比前一年突然增长，但一旦过了奥运年后就马上回落了。这就是体育图书出版的"奥运年出版规律"，是我国图书出版业中独特的现象。[1]

---

[1]　吴文峰，张铁玲，蒋世玉.奥运类图书出版形势分析与趋势预测［J］.北京体育大学学报，2008，31（2）

第三章　中国体育图书出版概述

第一节　我国体育图书出版总体情况

一、我国体育图书出版品种数量情况

　　笔者通过查阅历年《全国总书目》（1949～2008）、《社科新书目》（1998～2008）、《科技新书目》（1998～2008）、《中国出版年鉴》（1980～2008）以及《百年中文体育图书总汇》（2003）等相关报刊、工具书，搜集了从1949年到2008年出版的体育图书书目（不包括内部出版物、港澳台及海外出版的华文体育图书）21370种。从图3-1中可以看到，新中国成立以来，我国体育图书出版事业发展的总体脉络（虚线为发展趋势线）。

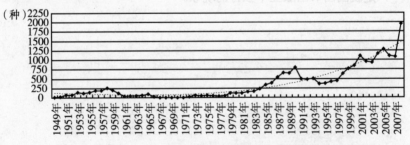

图3-1　1949～2008年我国体育图书出版发展的总体脉络

　　对比我国图书出版总体形势（图3-2）来说，我国的体育图书出版总的趋势也是不断增长发展，这与我国图书出版事业发展的总体趋势是一致的。

图3-2　1949～2004年我国图书出版情况曲线图

二、我国体育图书的出版结构情况

我国所出版的体育图书从内容上可分为"体育基础理论"、"体育事业"和"体育运动项目"[1]三大部分，这三部分比例如图3-3所示：

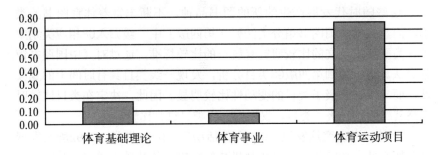

图3-3　1949～2008年我国体育图书三大类的比例

从这三部分不同的比例关系看，体育运动项目类图书的出版是我国体育图书出版的主体部分，体育事业类的图书出版比重较小。

随着社会、经济和科学技术的迅猛发展，体育内涵的丰富与扩展，体育已不再局限于简单的运动训练及竞技项目，而向着科学化、现代化、产业化、多元化方向发展，也极大地丰富了体育图书出版资源。

---

[1] 刘彩霞主编.百年中文体育图书总汇［M］.北京:北京体育大学出版社,2003

现代体育的发展首先表现在体育运动项目的增加。体育运动在人类文明发展的过程也是不断地增添新的内容、增设新的竞技项目的过程。近十几年来，不断涌现新的体育项目，如体育舞蹈、沙滩排球、软式排球、蹦极、蹦床、激流回旋、警察体育五项等。在"G83体操运动"类目中增加了"体育舞蹈"项目。体育舞蹈是20世纪90年代初在我国兴起的一种新的体育项目，兼有文艺和体育的特点，是以竞赛为目的、具有娱乐性和观赏性的竞技舞蹈。在"G842排球"中就增加了近几年新兴起的沙滩排球、软式排球项目。

体育的产业化、职业化发展，是体育事业生存和发展的历史必然。随着体育的科学化、现代化、产业化步伐的加快，已经带来了相关领域知识的膨胀，譬如体育产业化所涉及的内容及学科领域比较广泛，它包括体育市场、体育金融、体育中介、体育商业等。体育市场、体育商业、体育金融、体育经济与代理体育信息、体育人才、体育媒体等都是在社会主义市场经济体制中体育事业在市场化、实体化和职业化的道路上不断产生的新类别。

这些随时代发展产生的新的图书品种，不断丰富着体育图书的类别，而且在《中国图书馆分类法》（第四版）中一级归入G8相应类别中了。为了使本论文的比较研究有统一的比较标准，通过对《中国图书馆分类法》第一版到第四版G8类目分析，发现一级类目具有时间上的延续性，而二级、三级子类目的变动性比较明显。因此，决定在类目比较时忽略其二级、三级子类目，仅根据一级类目进行比较。

此外，在研究这发现"G89文体活动"中G891棋类、G892牌类发展具有特殊性。1985年，在《成都棋苑》编辑部的基础上成立了我国唯一的一家棋牌专业出版社——蜀蓉棋艺出版社；而且在体育图书出版实践中，特别在图书批发零售书店中这两类游离出"G89文体活动"，更是以"棋牌类"专柜的形式出现。因此在研究体育图书出版结构时将G891棋类、G892牌类从G89文体活动中分出来，一起放在出版结构中进行研究。就此，本研究的体育图书出版结构中类目共12类，名称整理如表3-1所示：

表3-1　本书研究的体育图书出版结构中类目名称

分类号	G8	G80	G81	G82	G83	G84	G85	G86	G87	G89	G891	G892
名称	体育	体育理论	体育事业	田径运动	体操运动	球类运动	武术及民族形式体育	水冰雪运动	其他体育运动	其他文体活动	棋类	牌类

　　根据体育图书类目，对所搜集到的数据进行归类整理，得到从1949年到2008年我国体育图书总体出版结构，如图3-4所示：

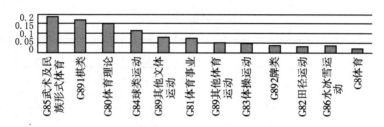

图3-4　1949～2008年我国体育图书出版结构图

　　武术作为一项象征着中国人生存方式的体育和文化样式，其实就表明着中国人的生存乃至思维方式中蕴涵着武术的精神基因。可见，中华武术早已经内化为中华民族精神，外显于中华民族之国粹。陈毅同志说过："国运盛，棋运盛；国运衰，棋运衰。"棋艺文化和武术一样，在中国都具有着相当深厚的文化底蕴。这两类图书的出版以19.24%、18.19%的比例占据着我国体育图书出版结构的榜首当之无愧。

　　任何形式体育项目的发展都离不开科学理论的指导，理论可以为具体项目的发展指明方向，也可以作为具体项目发展的实践经验的总结。"体育理论"图书以15.04%的比例排在第三。

　　足、篮、排三大球项目在我国乃至世界范围内开展极其普遍，乒乓球在我国具有"国球"之称，羽毛球以及近年来兴起的保龄球都是人民群众最主要的业余活动，所以球类项目都有着广泛的参与人数基础，对球类运动相关出版物的需求较其他运动项目就会多些。

　　棋、牌类外的其他文体活动项目在体育图书出版结构中的地位仅次于球类项目的出版比例，主要是因为我国改革开放以来，国民生活水平不断提高，生活质量的不断提升，人们对业余体育文化生活的需要日益呈现出多样化。同时，随着时代的发展，新的文体活动项目也不断产生，收藏、智力游戏、电子游戏、旅游等项目方兴未艾，这就为文体活动图书提供了丰富的读者群。文体活动图书在出版结构中的地位是时代发展的一个体现。

三、参与体育图书出版的出版社情况

（一）参与体育图书出版的出版社总体情况

从1949年到2004年，参与体育图书出版的出版社情况与体育图书出版发展的情况有类似的发展曲线（图3-5）：

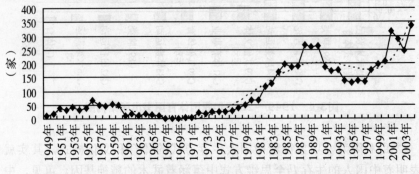

图3-5　1949～2004年参与我国体育图书出版的出版社数量情况

虽然，1983年11月18日文化部下发了《关于专业出版社应严格按专业分工出书的通知》，明确指出"严格按专业分工出书是加强出版管理、提高图书质量的一项重要措施。各专业出版社要集中力量出好本社分工范围的各类图书，不要越出本社的出书范围出版其他图书"。[1]但我国改革开放后，随着我国国内各类大型运动会的召开以及与国际间体育运动的交流不断增多，体育图书出版领域逐渐成为出版界新的发展领域，因此越来越多的出版社参与到我国的体育图书出版中来，出版管理体制进行了相应的改革。2003年7月16日新闻出版总署通过署务会议审议通过21号令，废止了这一实行了20年的政策，以及2004年中国体育代表团在雅典奥运会上的出色表现，参与体育图书出版的出版单位又一次大幅度增加。

---

[1] 新闻出版署政策法规司编.中国新闻出版法规简明使用手册 [M].北京:中国书籍出版社,1994

由于受1993年北京申办2000年奥运会失败等多种因素的影响，从1993年起，出版界对体育图书出版的热情有所减弱。这种状态直到1998年北京重新申办2008年奥运会，并得到中国政府和社会各界的大力支持、积极参与才得到扭转。

（二）人民体育出版社和北京体育大学出版社对我国体育图书出版的影响

我国曾经有过4家体育专业出版社：人民体育出版社（1954年1月成立），北京体育大学出版社（其前身是北京体育学院出版社，成立于1985年），奥林匹克出版社（1988～1998年）以及蜀蓉棋艺出版社（1985～2001年）。

在20世纪80年代中期其他3家出版社未成立之前，人民体育出版社出版的体育图书平均占我国整个体育图书出版的八成左右。从改革开放以来，参与体育图书出版的出版单位越来越多，我国这4家体育专业出版社出版的图书品种所占的比重呈现出下降趋势。

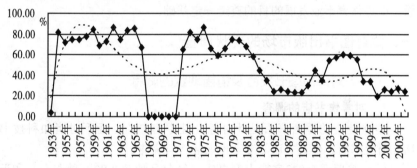

图3-6　人民体育出版社和北京体育大学出版社（合计）对我国体育图书出版的贡献率

从图3-6可以清楚地发现，从1954年开始到1982年，人民体育出版社对我国体育图书出版的贡献率占60%以上，平均年贡献率为76.56%。这使得人民体育出版社的出版结构在这时间段中成为我国体育图书出版结构绝对决定因素。在1993年到1997年，我国体育图书出版遇到的第二次低潮时，人民体育出版社与北京体育大学出版社一起以年平均贡献率57.38%为我国体育图书出版渡过难关行使着专业出版社的职责。

第二节 中国体育图书市场研究

北京是中国首都,是中国的文化中心,具有得天独厚的文化优势。就出版业而言,北京所拥有的中央级和市级出版社的数量占全国出版社数的40%左右。而且作为全国体育图书出版的两家专业出版社——人民体育出版社和北京体育大学出版社都在北京。北京拥有我国最大的图书批发市场——甜水园图书批发市场,还有全国最大的图书零售店——西单图书大厦、王府井新华书店等超大型图书卖场。北京市的体育事业特别是群众体育事业也走在全国的前列。

体育图书出版是一种促进体育事业发展、推动人类文明的有效手段。所以,利用北京的文化优越条件,对我国体育图书出版现状做一次较为全面、深入的调查和分析,这不仅能为发现目前我国体育图书出版所存在的问题提供一定的帮助,也能为今后展开对全国体育图书出版业发展的研究,为更加细致地分析研究中国出版业在加入WTO后的形势和应对策略提供一定的资料参考,为今后真正达到有效利用体育图书出版,促进体育事业发展的目的奠定一定基础。

一、体育图书出版市场的现状调查

(一)对体育图书发行及销售现状的调查

1. 对零售书店的调查

本次调查的零售书店是针对综合性零售书店,而不对诸如科技书店、财经书店、体育书店等专业性书店进行调查。

综合整理调查的3家特大型书店(经营品种都在20万种左右)和近50家大型书店(经营品种8000种至20000种)所收集到的3455种体育图书(人民体育出版社和北京体育大学出版社所出版图书共1799种,占总数52.07%),具体类别排序情况如表3-2所示:

表3-2 零售书店反映出的体育图书类别分布情况

品种数从多到少排序	体育图书类别	数量(种)	比率(%)
1	健身、健美、养生保健	882	25.53
2	武术、气功、格斗术	818	23.68
3	棋、牌	695	20.12
4	体育理论、史籍、工具、资料	451	13.05

续　表

品种数从多到少排序	体育图书类别	数量（种）	比率（%）
5	运动技术、训练知识	225	6.51
6	体育规则、裁判法	193	5.59
7	体育娱乐	92	2.66
8	体育教材、教学参考书	64	1.85
9	体育传记、文艺	35	1.01
	合计	3455	99.99

注：1. 在"体育理论、史籍、工具、资料"类别中，与"奥运"有关的图书有217种。
　　2. 在"运动技术、训练知识"类别中，与足球有关的有126种。

　　根据现场调查发现，零售书店中：（1）人民体育出版社和北京体育大学出版社在体育图书领域中处于绝对的"霸主"地位。（2）在所调查的书店中至少有9种体育类中的"健身、健美、养生保健"类图书，但是不少书店对"健身、健美、养生保健"类图书是否划入体育图书提出质疑。（3）"武术、气功、格斗术"类和"棋、牌"类也是在所调查的书店中出现最多的类别。在调查中，只要问及有否体育图书时，大部分书店管理者或现场售货员第一反映就是这两类。（4）"体育理论、史籍、工具、资料"类，"体育教材、教学参考书"只有在特大型书店和极个别书店中才能找到，但很少能看到全国体育统编教材。"运动技术、训练知识"类，"体育娱乐"类，"体育传记、文艺"类，"体育规则、裁判法"类图书在书店的分布相对比较广些。（5）书店规模越大，经营品种越多，所包含的体育图书的种类就越多，书店在划分体育图书时也会与本论文对体育图书的划分趋向一致，如西单图书大厦、王府井书店。但是由于"太极拳、剑"类、"棋牌"类图书品种很多，书店往往将它们从"武术、气功、格斗术"类单独列出，"棋"与"牌"分开摆放，笔者进行分析之前，已按本文对体育图书的划分类别进行整理。（6）在众多"武术、气功、格斗术"类图书的出版者中，北京体育大学出版社与人民体育出版社占有绝对的比例，而且北京体育大学出版社出版的数量以及有北京体育大学出版社图书的书店数会大于人民体育出版社。（7）"体育理论、史籍、工具、资料"类（把与"奥运"有关的图书剔除后）基本是北京体育大学出版社与人民体育出版社一统天下。（8）从调查的情况来看，大部分书店在有能力的情况下（如有多余的摆放空间，有书商主动寄销），才会考虑把体育图书当作使书店的种类更齐全的手段。（9）"健身、健美、养生保健"类图书和"武术、气功、格斗术"类和"棋、牌"类图书是体育图书中的常销书。在北京申奥成功、中国足球出线的一段很短的时间（大约一周左右）内出现过有关奥运知识、足球等方面的图书销售高潮，其他时间很少有出现体育类的畅销书。（10）在北京申奥成功后一段时间出现图书体育类的"边缘"图书——以奥运会为中心的英语图书，现在其热点已经消退。（11）书店所经营的体育图书的品种所占比例及其对书店的经济效益的贡献都很小，体育图书销售总体情况是不温不火。

2. 对图书批销主渠道、二渠道及出版社自办发行的调查

新华书店系统是出版界所说的图书批销主渠道。根据新华书店图书批销中心工作人员介绍，目前新华书店图书批销中心有30多万种图书，体育图书占其库存的1.2%左右，但是它的出货率只有75%左右。出货品种集中在"健身、健美、养生保健"类图书，"武术、气功、格斗术"类和"棋、牌"类图书，这与对书店调查反映出来情况基本相一致。

北京甜水园图书批发市场为全国最大、最活跃的图书批发市场之一，是目前图书批发市场的领袖，也是业内俗称的"二渠道"的代表。其图书的批发走向是相应时期北京乃至全国图书零售市场走势的缩影，同时，其批发的折扣直接影响图书零售市场的活跃程度。

走访整个批发市场，只收集到2500种左右与体育有关的图书。而其中绝大部分是健身健美娱乐类、棋牌类、武术类，其次就是足球方面的。其基本情况与书店经营情况差不多。体育图书中的一些与赛事有关的、时效强的图书甚至出现"图书菜市，论堆售书"现象，像《98世界杯足球赛实录》一折就可以批走，《零距离——李响与米卢的心灵对话》在中国队出线那段时间批的不错，但现在也是属于给钱就卖的那类。而有关"足球彩票"的图书有常销趋向。除了与"奥运"有关的图书外，整个批发市场几乎找不到一种"体育理论、史籍、工具、资料"类书籍。

北京体育大学出版社以通过新华书店批销中心向全国发行为主渠道，以邮购、门市、读者俱乐部、自编教材发行以及专有渠道配送等形式自办发行，自办发行与主渠道发行的比例为1:10。人民体育出版社除了主渠道与自办发行外，还有部分通过二渠道进行发行，但是后两者的发行量也不大。人民体育出版社发行有一个特点就是全国统编教材的发行量占主渠道发行量的近1/3。

3. 对读者对图书消费情况的调查

中国图书市场整个消费水平偏低，1992年上海人均购书费26元，是全国人均购书费的3.2倍。1997年5.9册/人，1998年5.8册/人，1999年5.8册/人，2000年全国人均购书5.55册，29.77元。我国农村图书销量偏低，占80%的农村人口其图书消费在整个图书市场份额中不到30%。

西安体育学院蔡军等人在1998年对北京、上海、广州、成都、西安以及乌鲁木齐六城市进行城市居民体育消费现状调查研究结果如表3-3所示：

表3-3 全国六城市居民家庭体育消费

家庭体育消费（户均元）		家庭体育用品消费（户均元）				
体育观赏	体育健身	运动服装、鞋帽	大型运动用具	大型健身器材	体育报刊图书	
82.77（10.56%）	117.14（14.94%）	259.58（33.16%）	132.64（16.92%）	157.45（20.08%）	34.20（4.3%）	
合计（元）	199.91（25.5%）	583.87（74.5%）				
		783.78				

注：体育消费和用品消费的百分比，是占家庭参加体育消费的支出和体育物质支出总和的百分比

其中体育报刊与图书的消费少得可怜，只占家庭体育总消费的4.3%，不到35元。

2000年全国经济增长率为8%，而图书市场的增长率竟为-1.4%，这与出版业作为朝阳产业的地位是不相称的，与知识经济发展对图书信息的巨大需求也是不相称的。

4. 民间出版商关于体育图书出版的看法

目前，"二渠道"、"书商"和"工作室"等词经常出现。按现有法律他们是无出版权的，但从繁荣文化的角度看，好选题都应有出版成书的权利（当然不是以买书号方式）。"出版商"的存在是现有体制下的"畸形儿"，但作为出版领域内特殊的从业人员，他们往往有着十分敏锐的感觉和独到的视角。这里笔者也想从一些"出版商"那里了解一些他们对目前体育图书出版的看法，或许能给"出版社"们提供些有意义的参考。

以"XX部落"闻名于出版界的书商贺某，对图书市场及读者阅读心理把握极其到位。当问及对体育图书出版意向时，他淡淡一笑说，事实上，畅销书行业和其他行业没有什么不同，只有符合商业运行规律才能赚到利润。而真正的体育图书消费市场还未培育出来，在目前混乱的局面要投入宣传（炒作）等前期工作将会很费劲，赢利的可能性也很小；要出就要出精品，但出版有深度的又需要有专业知识及研究能力，所需要的时间会长些，需要较大的投入以及市场后续维护。这些都是费力不讨好的事，所以目前不会去"碰"它，但确实也已经开始做相应准备了。

另一个不愿意透露身份的出版商（他出版过包括体育入门知识，健身、养生，体育人物传记等在内的体育图书10多本、套），他说其实他也不愿意在这块凑热闹，因为体育这块其实也没什么可以出的了，武术的，棋牌的，健身、健美、养生的，已经出"滥"了（他的意识中体育图书几乎仅限于此）。但是有些出版社出版不了什么书，出版计划完成不了，怕影响第二年获得书号的数量，就半卖半送让他出版。他想，不仅能给出版社"帮忙"解决问题，关键是市面上可供参考、模仿的版本多，反正成本不多，自己又有渠道，赚一点是一点。于是信手拈来，一本本书就这样出现了。

赵先生是20世纪90年代初从出版社下海做书商的，而且早已有在业内声誉不错的文化传播公司。问起在出版界摸爬滚打这么多年有没有在出版体育图书上打过主意，他说如果现在要出版体育图书，就一定要出精品，因为自己多年在文化领域内发展和现在在业内的地位已经让自己不会也不愿再去为那些没水准、没品位的图书花费精力，倒是会在2008年左右出版一些与体育有关的出版物，但是完全从社会效益上考虑，也算为社会做点力所能及的事。他认为从目前市场中体育图书出版情况来看，出版者绝大都是井蛙之见，品种方面没有量，内容上没有深度，营销上相互拆台，这块市场已成滥摊子，不知现在整个国内图书市场在国际环境中已成累卵之势，还沾沾自喜。

（二）体育图书"小出版"的调查

在我国《图书质量管理规定（试行）》中，对图书出版过程质量包括范围做了规定，它们是选题，内容，编辑加工，校对，装帧设计，印刷装订，图书出版格式等七个方面。图书的质量分外在与内在质量。外在质量指印刷、装订、装帧设计、文字错误率等能比较容易识别或有衡量标准；内在质量的优劣更多的是借助于获奖情况来反映：从1999年到2002年间，体育图书没有获得"五个一工程"奖、国家图书奖、中国图书奖、全国教育图书奖等国家级图书大奖和像"中国韬奋图书奖"这样国家级出版者奖项。由中国奥委会新闻委员会编、山东教育出版社出版的《新中国体育五十年》（特精装，定价：880元）只获得山东第六届精品工程图书奖、第八届山东省优秀图书奖。

目前，我国体育图书，一般使用850毫米×1168毫米32或16开本，也有少部分用889毫米×1194毫米32或16开本，但这些都符合2000年1月3日新闻出版署下发的《关于实施〈图书和杂志开本及其幅面尺寸〉国家标准的通知》（新出技［2000］1号）推荐使用国家技术监督局发布的新标准（即GB/T788-1999代替GB/T788-1987）。由于纸型的原因，787毫米×1092毫米规格纸张的开本，在一些体育教材中还有使用的，这也是教材版本遗留在印刷方面的问题，在其他领域形式已基本退出市场。

虽然对于教材，国家有专门规定其用纸的质量，但在收集到的2000年之前的体育教材，存在不同程度的使用劣质胶版纸（3000元/吨左右），或干脆用书写纸（1800元/吨左右）代替，印刷浓淡不均，套印不准等明显的印刷质量问题。根据国家技术监督局和新闻出版署颁布的《书刊印刷标准》和《书刊印刷产品质量评价和分级方法》将图书印刷质量分为优质品、良好品、合格品和不合格品四个等级，搜集到的那些教材基本属于不合格品。2000年以后的版本印刷质量方面虽有较大的改善，但用纸方面仍有问题。

除教材外的体育图书正文用纸，目前一般是用78克、80克胶版纸，也有使用100克胶版纸，如北京体育大学出版社2003年3月出版的《太极拳学堂—四十二式太极剑锻炼指导》（随书赠送VCD），4.5印张，定价18元。除去VCD的成本，该书每印张价格3元左右。北京体育大学出版社2003年1月出版的《16式太极拳剑》使用105克铜版纸，3印张，彩色印刷，定价18元；《杨式太极剑》使用105克铜版纸，2.375印张，彩色印刷，定价15元。它们每印张价格高达6元左右。人民体育出版社2001年7月出版的《中国体育百科全书》（精装本），使用105克铜版纸，29印张，彩色印刷，定价300元，它的每印张价格超过10元。

根据1998～2002年的全国出版情况整理的"每年图书平均印张费用"如表3-4所示：

表3-4　每年图书平均印张费用（单位：元）

	1998	1999	2000	2001	2002	反映出
全国、全品种（平均）	1.07	1.11	1.14	1.15	1.17	五年来，平均印张费用保持稳中有小幅上升，增长极其缓慢
使用《中国标准书号》图书	1.05	1.10	1.13	1.14	1.16	五年来，平均印张费用保持稳中有小幅上升，增长极其缓慢
书籍	1.22	1.30	1.36	1.36	1.40	五年来，平均印张费用保持稳中有小幅上升，增长相对较快
课本	0.89	0.90	0.93	0.89	0.90	五年来，平均印张费用有小幅升降波动，整体水平最低，体现国家政策
文化、科学、教育、体育	0.91	0.93	0.95	0.93	0.95	五年来，平均印张费用有所升降波动，变化幅度不大，整体水平都低于同期全国平均水平和使用《中国标准书号》图书的水平
人民体育出版社	1.45	1.39	1.43	1.48	1.54	虽然平均印张费用情况有所升降波动，但都大大高于同期书籍情况，从1999年起，增长幅度有所增加
北京体育大学出版社	1.69	1.83	1.66	1.84	2.05	虽然平均印张费用情况有所升降波动，但都大大高于同期人民体育水平

　　人民体育出版社和北京体育大学出版社平均的印张单价远远高于全国平均水平，也远远高于所属的"文化、科学、教育、体育"类别的平均水平。而我们知道，再版、重印能减少图书出版的各种费用，从而使图书的成本大大减小，人民体育出版社与北京体育大学出版社的平均印张价格不降反升，仍然保持高水平，这点与国家图书出版发行目的和定价政策不相符合。1988年，新闻出版总署在《关于改革书刊定价办法的》意见中指出："定价原则仍按保本微利原则掌握，具体价格水平，采取控制定价利润率的办法，即在5%～10%幅度内考虑。"目前，我们仍然采用五六十年代的印张定价办法。所以，从以上几个例子可以看出体育图书里，也有"高消费"。

　　装订形式上，与整个印刷技术发展相适应，原来平订、索线胶订除了少部分教材还继续在用外，基本退出了市场，目前基本采用的是无线胶订。只是无线胶订中使用的胶的质量不同，教材使用的（可能出于成本的考虑）是熔点温度较低的胶，质量比较差，易脆，容易造成图书脱页，散页，胶断裂等问题。

数字化、网络化时代的到来，伴随CTP(computer to plate)技术的日趋成熟，大幅面CTF(computer to film)的势头更加强劲，数码打样、数字化拼版、折手应用更加普及，从不同的角度和侧面促进了印刷质量的提高、印刷成本的降低以及出版周期的缩短。比如，《中国青年》杂志有64页，其中12页彩插，原来拼版需要10～12小时，现在由计算机操作只要10分钟，错误率几乎降为零。体育图书，诸如武术类、健身、健美、娱乐类，要求图文并茂，但拼版难度远不如杂志和报纸，所以，在计算机、数字化技术日趋精湛的今天，体育图书在出版技术上已经没有难度可言。数字化快速印刷、按需印刷方兴未艾，远程校样，输出、出版印刷电子商务呼之欲出。出版印刷领域迎来了全新的挑战和机遇。当然，高科技也如一把双刃剑，在解决我国长期的出版技术瓶颈的同时，一些不法分子或投机分子也正是利用高科技手段，使一些盗版图书或低层次的读本大量地抢在正版图书之前占领市场，让业内谈盗版变色。

而且由于高科技应用于出版，目前已经很难直接从出版物上辨别出正版与盗版。所以，笔者不敢轻言体育图书中非法出版物的情况。

（三）体育图书出版的总体情况

1. 图书的出版停留在低水平过剩阶段

一年出版10多万种图书，却有两个并存的事实：图书上市后无人问津，库存量逐年递增，这是一种过剩。然而广大的读者却又持币待购，买不到所需要的书，其实许多短缺是制造商未能产销并投，这难道不是短缺吗？这种短缺和过剩并存的现象，用低水平过剩形容恐怕更恰如其分。

2. 图书出版存在同步震荡的盲目性

市场经济的发展，在后发展国家中呈现一些自己的特性，消费中的同步震荡现象就是明显的例证，如20世纪80年代无论哪一阶层的家庭都抢购彩电，而图书业震荡倒置了，不是读者消费震荡，而是出版社出版震荡：三毛的自杀使大陆在短短两个月内出版了近50种关于三毛自杀之谜的书；财税改革，同类书也出现在100种以上；中国足球冲出亚洲，有关足球的，有关教练的，有关运动员的……更是铺天盖地，数不胜数。此类例子屡见不鲜，足见目前我国图书生产的盲目性！

3. 图书生产要素的资源配置扭曲

图书生产要素主要是指：劳动（作者、编辑）、资本和分配。这些要素配置方式不论是计划还是市场推动，都应形成优化配置，从而使企业良性循环。而目前的配置却常常是：书商+一流作家及作品+资本；许多出版社成了空壳企业。一些书商、书店搞协作出版，等于买壳上市。出版社不愿意注入资金或不愿意花大价去组织作者，编辑也是在为书商的出版行为而忙碌，这种生产要素扭曲的配置，给图书生产领域带来了种种变体。

4. 体育图书再版率较高

图书再版率的增长，有利的一面表明在：我国的出版界在充分满足市场需求的同时，也更加重视拓宽发行渠道，赢得更多读者和市场的认可。但若一个出版社始终保持很高再版率，是否也可以从一个侧面反映出出版社放在新的选题策划、创新上的精力要少些或选题策划、创新的效率较低。

体育图书再版率较高的原因包括：（1）有些出版者为了抢占市场，没有经过认真选题策划、创新，只在已有版本稍做修改，就匆匆出版了；（2）有些出版者认为在再版、重印上还能获得一定的利润，就放松了宏观选题策划、创新的规划管理；（3）初版小印数上市，取得市场"利好"的反馈后，进行重印、再版。

二、体育图书出版市场的现状分析

（一）对体育内涵理解不足

出版社出版体育图书的指导思想，是首先明确体育的内涵然后由内涵引发体育图书的选题，直接以市场为导向出版体育图书。以市场为导向出版图书肯定是正确的指导思想，只是在出版之前必须以详细调查、周密选题为基础，对市场进行研究，得出目前市场的真正需求，在这前提下才能说是以市场为导向。而对体育内涵的正确理解，正是以市场为导向的意识前提。

出版者对体育内涵理解的多角度会造成体育分类的多样化，根据对体育的理解和出版工作重点，引导读者阅读兴趣的多样化，进而培育多样化体育图书市场，实现体育图书出版的"百花齐放"。两大体育专业出版社经过多年探索，形成一定的出版结构。但众多非体育专业出版者表现出来的却是一窝蜂跟风出版，就反映了他们根本没有认真地去理解体育的内涵，可以说他们连理性的思考、决策都没有。不仅社会效益不去认真考虑，连经济效益也不去预测，认为以低折扣为主要经营手段就可以手到擒来，就匆匆上马。从小的方面说，并没有为本单位创造多少经济效益、为社会创造多少有益的社会效益；从大的方面说，又造成图书市场混乱、无序的竞争局面，造成出版社逐渐"忘记"传播知识、创造社会效益为主要任务的历史使命，造成国家出版资源的极度浪费。

人民体育出版社副总编辑史勇认为，体育出版社除在文化积累上为中国体育史做一份贡献外，还应出版一些制作精良、图文并茂的体育畅销书和一些技术含量高、研究系统的中高档次图书，并且加强宣传，让强身健体的概念深入人心。

（二）体育出版资源 缺乏深度开发

对体育内涵的理解不足，造成体育图书选题严重重复的表象，这种有意无意的制造出的这个"热"那个"热"，不符合中央提出的"突出主旋律、兼顾多样化"的原则。其实，这一方面反映了国家出版资源浪费严重，另一方面也反映了体育出版资源缺乏深度开发。

比如，由于中国在2000悉尼奥运会上的精彩表现，以及北京2008年奥运会申办的成功，我国图书市场上关于奥运体裁的图书可以说几乎一夜间铺满大江南北。但是很多都是历史、常识、轶事的介绍，没有多少深度和内涵。对于出版关于奥运会的图书，作家出版社责任编辑刘英武有自己的认识。他认为奥运方面的书籍并不是越多越好，而应该有深度。国内其他媒体在报道奥运赛事上明显占优势，我们的图书更应该分析一下其他国家奥运会申办成功的优势和背景情况，学习其他国家的一些优点，多提供一些值得总结的经验和教训。这些都是新亮点，但是，这些亮点实在是太少了。这其实也反映了我们许多出版者在体育出版资源开发上力度不足或能力欠缺。

人民体育出版社和北京体育大学出版社在体育图书出版领域内具有得天独厚的优势，但目前这两大体育专业出版社的出版结构却似乎不能体现出有效发挥各自的优势，去深度开发体育出版资源，没有将自己在市场经济中重新定位，去引领体育图书的发展方向，而仍然依靠品牌来维系市场份额，在图书市场上与众多非体育专业出版社，在一些层次低、知识技术含量低的领域内去争得头破血流。

目前关于体育图书出版资源的二次开发无非三种基本方法：（1）扩展法，在原有图书基础上加以扩展，进行修订，加入新的内容，删除已经过时的、不妥当的内容，出第2版或新1版成为新选题。（2）切割法，将一种大型或特大型的图书，按照学科、类别、读者群等的不同，从一种图书衍生出数种甚至数十种新的品种、变形法。（3）变形法，就是改变一种形式出版，一是版式的变化，二是载体的变化。但是这些方法都属于换汤不换药，不能解决根本问题。

（三）无序竞争造成对体育出版资源外流

人民体育出版社的绝对优势在于它是国家体育总局直接领导下的专业出版社，在政策、资金、与各个体育运动项目管理中心的关系、与社会各界的联系、各种体育资源、社会知名度等都是其他任何出版社无法比拟的。北京体育大学出版社依靠高校，具有丰富专家、学者、研究员、硕士博士研究生、教职员工等人才资源的优势，这种优势也是别的出版社望尘莫及的。

在人民体育出版社与北京体育大学出版社的竞争中所表现出来的却是：各自出版侧重点不明晰，出版社之间没有协调，没有分工协作，不能形成优势互补产生体育专业出版社的整体优势，造成出版重复严重，出版资源的严重浪费（如人力资源、书号、印刷物质等），也出现一些重要的、极有学术价值的体育专业理论书籍、学术著作以及国家课题项目在其他一些非体育专业出版社出版。在哪里出版，当然无可厚非，但对于体育专业出版社来说，难道不是由于不良或无效竞争而造成珍贵出版资源外流的吗？

（四）没有正确理解出版活动中文化活动与经济活动的关系

观察分析出版活动，实际上是存在着性质不同但又交织在一起的两种活动：文化活动与经济活动。在经济活动中涉及到投入与产出的关系，涉及资源配置的问题，涉及产品的生产、消费、交换等环境。出版物需要复制传播的特点，使出版工作具有精神劳动与物化生产劳动相结合的特点。出版物在市场中流通，具有商品属性。因此在组织商品生产的规律中，有许多可用于出版经济活动的。但出版物的文化属性于商品属性的二重性，出版社的文化性质与企业性质的二重性，出版工作在社会分工中的作用以及社会效果与经济效果的主次关系，使得出版工作的经济规律又不同于一般物质产品生产的经济规律。

出版经济的特点：（1）出版经济属于知识经济范畴（知识经济是以信息和知识为基础的，它区别于以物质和能源为基础的工业经济，知识经济把物质生产和知识生产结合起来，在充分利用信息与知识的基础上，提高生产率和产品附加值）。（2）出版经济活动应保证出版工作社会效益第一前提下，社会效益与经济效益统一的经济活动。（3）出版经济是追求出版机构整体效益的经济。（4）出版社每年出版的图书，一般少则几十种，多则上千种。每一种图书，因为有其特定读者对象，有着独立于其他品种的出版流程，有着用于此种图书的人、财、物的投入，所以都是经营系统中的子系统。子系统的经济效益构成了出版社的整体经济效益。（5）出版经济与市场的关系。市场对出版经济活动的影响主要表现在：引导出版经济的投入方向；使图书产品转化为资金，实现图书生产的良性循环；促进竞争，推动出版机构提高产品质量，改进经营管理。

目前体育图书出版状况，是否反映出一线的出版工作人员甚至出版社的经营管理者，没有很好的研究随市场经济发展而发生变化的体育图书出版的规律、特征，而更多的是依靠以往的出版经验，或原有的出版结构？众多非体育专业出版社在涉足体育图书出版之前有无认真分析不同类别图书的出版经济的特点，从而把握好出版经济规律？如果没有对出版经济特点的正确理解，就不能有效地用出版经济规律来指导实践，所造成的后果就只有闭门造车，不顾大局，增加图书市场的混乱。

（五）体育出版人才的匮乏是造成体育图书出版多种问题的根源

目前体育图书市场以及体育图书出版反映出的各种问题，其根源在于缺乏真正意义上的体育图书出版人才。

出版社的主要依靠对象应该是各级编辑人员，这是由于编辑人员处于出版社生产环节中的最关键的岗位上，是出版社联系广大著、译者和读者的桥梁，直接处理着各类信息和稿件，他们是确保正确贯彻出版方针，提高书稿质量，提高劳动生产率的最主要的力量源泉。因此，我们可以这样说，一个出版社的成败兴衰，不取决于它的规模大小、资金的多少、历史的长短等等，而取决于它的各级编辑的素质水平、积极性和创造性。目前体育图书选题严重重复、再版率居高不下，缺乏对"体育"内涵的深度理解，缺乏对体育出版资源的深度开发，没有正确理解出版活动中文化活动与经济活动的关系等反映形式，只能说明目前体育图书出版一线缺乏具有广博的知识、科学的思维方法、高度概括问题的能力，较强的社会活动能力、组织能力和不断学习、创新的能力的编辑人才。

从出版社的特点来看，它既是文化工业，担负着宣传教育的任务，又是一个多学科工种交叉的综合性企业。出版经营管理不但要解决出版社日常的业务运行中的矛盾，以求实现社会效益与经济效益的统一，还应当研究出版业发展的策略，研究新的出版物的开发及出版工作中新技术的应用，以适应社会信息化水平不断提高对出版传播所提出的新要求。所以，这就要求出版社的主要经营管理者应该要能根据出版社的外部环境和内部条件，提出明确的工作目标，并为实现这一目标组织好人、财、物、信息等资源的配置和利用，是既懂出版社经营管理，又懂具体的编辑、出版、印刷和发行等专业在内的广义的出版人才。目前的这种体育图书出版现状中问题的产生既有一线编辑的责任，但更反映出目前我国还需要更多、更能适应市场经济发展的出版经营管理人才。

从体育专业出版社了解到一线编辑的知识背景组成，可分为这样几类：（1）中文背景；（2）新闻出版专业背景；（3）体育院校学科毕业生；（4）体育院校术科毕业生；（5）其他岗位调动。比如，北京体育大学出版社全社30多人，有14个在编编辑。在这14个在编编辑中有10个是出版社组建时由原来学校各术科教研室教师转过来的，另外4个也是20世纪90年代初体大管理学院的本科毕业生。这样在体育专业出版社编辑结构反映出来的特点是：文字功底好些的如中文、新闻专业背景的对体育行业不熟悉；对体育行业熟悉的体育院校学生，知识面相对窄些。如何实现各专业之间的互补，以提高编辑的综合素质，也是一个应该引起注意的问题。

大部分出版过体育图书的非体育专业出版社，他们极少甚至根本没有具有体育专业知识背景的编辑。他们出版的体育图书有些是靠社内编辑完成的，有些是请外面的朋友（书商）帮忙完成的。

而目前作为出版领域内特殊的从业人员——"出版商"，他们在有中国特色的市场中掌握一定的运作规律，具备了作为成功出版经营人才的基本素质，但按现有法律他们是无出版权的。这也是我们体育图书出版人才现状的一个矛盾。

三、体育图书面临的替代品的现状调查研究

（一）体育图书面临的替代品的现状调查

相对于传统的出版物产品和服务而言，对出版业形成替代威胁的主

要是与高新技术、信息技术相关形成的多介质、多媒体出版物和网络服务。如CD-ROM、CD-I、E-BOOK等多媒体出版物对纸介图书的替代。

在北京（西单）图书大厦音像部与北京音像大厦中体育类的音像制品与书店常见的体育图书品种很相似，也是以"武术、气功、格斗术"类、"棋、牌"类、"健身、健美、养生保健"类、"体育娱乐"类为主。这些音像制品能直接诉诸于视觉形象，轻松地与读者交流，而价格并不贵（一般单片包装也就10元左右），所以销售形势也不错。

音像制品的出版受市场需求的拉动，一直保持较高速度的增长，以至成为许多图书出版社的新经济增长点。根据新闻出版总署提供的数据，2002年各类音像制品出版指标基本保持在两位数以上的增长率，其中近年新兴的高密度激光视盘（DVD-V）与上年相比，种数增长高达249.7%，数量增长更达到614.4%。

（二）体育图书替代品对体育图书市场的冲击的现状分析

从媒体满足人的需求来说，各媒体起的作用大体上可以分为三种：提供娱乐、传递信息（咨讯）、传播知识。图书出版最强调的是传播知识（当然也有娱乐和传递信息的作用），而音像制品则可以使人们不用花太多时间在文字理解上，在轻松的氛围中学得知识。体育本质功能就是娱乐与健身，体育项目、运动娱乐休闲等本来要诉诸视觉形象的，这也是人们为什么在自学体育知识时更愿意购买音像制品的原因之一。

在非纸介出版物尚未出现、未普及时，体育图书力求以一种图文并茂的形式呈现给读者。因为当时图书市场能让读者选择的余地很小，一些体育图书的语言文字、图形编排等形式和内在质量让人不爱看，或看不懂，但也只能是将就。现在高新技术、信息技术等相关技术形成的多介质、多媒体出版物、网络以及配套技术、服务逐渐成熟，读者选择余地大了。虽然图书作为传播知识的载体，不可能被其他媒体完全所替代，但在这么一个多种媒体相互渗透的时代，纸介体育图书让出大幅领地给电子传播的声像载体，是不可避免和不可逆转的。

四、改善我国体育图书出版市场的对策

从国内市场看，目前中国书业在计划体制观念下的粗放式经营、卖方市场的观念和行为仍然存在，全国开放、统一、竞争有序的出版市场尚未形成。规模集中度低、重复出版、资源浪费、人才缺乏等问题正成

为这个行业前进的阻力。

1.体育图书结构性失衡，以及流通机制的问题，造成体育图书市场整体有效供给不足，处于无序竞争状态，制约体育图书市场健康发展。同时，体育图书市场还面临着被非纸介出版物替代和国外出版势力威胁的严峻考验。

这种形势下，建议体育图书出版经营者摒弃计划经济时代的习惯做法和思维方式。全面树立市场营销理念，正确处理企业、顾客、社会三者的关系。加快营销网络的建设，构建自己的营销体系，建立高效的流通信息系统，建立起符合我国国情的新型发行体系和全国统一的大市场。同时国家可以通过法律、行政、税收等手段规范出版社的出版行为，培育和规范图书市场。

2.我国目前体育图书的出版停留在低水平过剩阶段，国家出版资源浪费严重。虽然目前我国涉足体育图书出版的出版社很多，但不能整合形成合力；体育专业出版社在出版图书时，没有领袖意识，并不能发挥自己的专业知识技术优势，进行协调配合，反而进行无效竞争，造成出版资源外流。

这种形势下，建议进行出版业转型，注意到精神产品在生产流通中的特殊性的前提下，按照商品生产共同遵守的法律体系、管理模式和运作机制进行生产经营。进一步深化出版体制改革，使出版企业成为自主经营、自负盈亏的市场主体和竞争主体，要加强内部管理。出版社要在市场建立起新的出版专业分工格局，分工协作，优势互补，发展战略同盟，在"双赢"的基础上实现"多赢"。

3.部分体育图书出版者对"体育"涵义缺乏深入研究，没有正确理解出版活动中文化活动与经济活动的关系，造成体育出版资源开发不足，图书内在或外在质量都不容乐观。

这种形势下，建议加强体育图书市场现状的对策研究，进行体育出版资源深入开发研究，改善体育图书的出版结构，依靠新兴的数字印刷技术，实施产业升级，使图书即时印刷或按需出版成为可能。提供能适合各层次、各品位读者的需求的真正意义上的多品种体育图书，给市场带来有效图书供给。

4.体育图书出版领域内不仅缺乏出版社经营管理的高级人才，也缺乏编辑、出版、发行等环节的专业人才。人才的极缺是造成目前北京市体育图书出版现状的最根本的原因，是体育图书出版业发展的瓶颈。

这种形势下，建议建立科学合理的出版人才培养机制和管理机制，遵循公开、平等、竞争、择优原则；创造良好环境，大力培养面向市场经济、面向现代化、面向未来，熟悉和掌握市场经济规律，能开拓国际出版物市场参与世界出版业竞争，能进行制度创新、技术创新的复合型精英出版人才和专业技术人才队伍。

第三节　体育图书海外出版研究

对于一个经济全球一体化的现代社会，无论是贸易合作和竞争，还是跨国度、跨种族、跨文化、跨语言背景的活动，图书出版无疑是一条极重要的方式。因为图书是文化表现和构成自己的一种主要方式，它代表了人类各式各样的存在处境。中国改革开放以及加入WTO，使华文体育图书有勇气和能力步入国际出版舞台迎接新的机会与挑战。

一、华文体育图书版权输出的现状

据中国出版年鉴发布的数据，近年北京地区引进与输出版权之比约为13:1。出版社输出书目多以中国传统文化为主，如中医、武术、气功、汉语学习、中国民俗、中国风景名胜等。此外，汉语学习读物走势渐强。

2000年，由新闻出版总署、国家版权局等单位，对全国出版社近10年来，版权贸易的社会效益和经济效益的表现进行了综合评比，评选出了38家"全国图书版权贸易先进单位"，人民体育出版社也在其中。

1995～2002年，北京地区开展版权输出的115家出版社中，输出总量2046种，其中输出量在100种以上的出版社有5家，排名情况如表3-5所示：

表3-5　1995～2002年北京地区输出版权出版社情况表（排名前5位）

排名	1	2	3	4	5
出版社名	人民体育出版社	外文出版社	北京出版社出版集团	高等教育出版社	北京大学出版社
输出量(种)	170	158	150	126	115

在不完全的输出数据统计中，人民体育出版社以版权输出近170种居于首位。其中有近120种（约占70%）是我国的传统文化（武术、气功），剩余的近30%也属于我国传统的医药和保健领域。该社输出量的2/3是输往台湾地区，只有20种左右分散在日本及欧美国家。

2002年，是我国加入WTO后的第一年，较前几年输出版权品种相比，中医、体育、养生等传统文化作品输出的比例增长平稳。此外，汉语学习类图书的输出也获得了飞速增长。人民体育出版社以输出版权近30种，位列第二。其输往港澳台地区20种左右，输往欧美国家4种，如表3-6、表3-7所示。

表3-6 2002北京地区输出版权出版社情况表（排名前5位）

排序	1	2	3	4	5
出版社名	北京大学出版社	人民体育出版社	北京出版社出版集团	人民卫生出版社	人民出版社

表3-7 2002北京地区版权输出目的地国家和地区情况表

排序（由多到少）	1	2	3	4	5	6	7	8	9
北京地区版权输出目的地国家或地区名称	台湾省输出版权320种，约占输出总量的60%	香港特别行政区104种	韩国59种	日本11种	美国9种	英国5种	德国2种	法国1种	其他21种

从上述表格中，我们可以发现：

（1）人民体育出版社对北京地区版权输出的贡献比较大。但其输出的品种绝大部分是中国传统项目，如各门派武术、气功、养生术，而没有关于现代竞技体育项目运动训练科学方面的作品。

（2）台湾地区以绝对优势在输出目的地中位列第一。香港特别行政区和韩国分别位列第二和第三。三大输出贸易伙伴的贸易份额占输出总量的91%，北京地区版权输出还主要集中在亚洲市场。亚洲，尤其是东亚成为我国版权输出的最重要地区。

二、华文体育图书版权输出形势分析

（一）华文体育图书海外出版现状分析

从上述华文体育图书版权输出的形势来看，人民体育出版社在版权输出上取得了不小的成绩，华文体育图书在一定程度上已经走上国际市场。

1. 中国出版指导思想的转变是华文体育图书走上国际舞台的前提

中国大陆自改革开放以来，随着市场经济的推进，出版物的销售除了因国民收入增加、消费能力上升而获益之外，昔日"以阶级斗争为纲"，一切为政治服务、要求"政治正确"，按"精神产品"而非"商品"来定位、定性的出版物，其内涵亦早已发生了质变。其中最明显的即是从"教育"观点向"以人为本"观点的移转，也就使得我国体育图书出版指导思想发生了根本性的转变。

随着图书出版管理体制改革的深化，特别是加入WTO前后，我国政府根据《建立世界贸易组织协定》及其所有附件针对文化出版业制定了一系列的应对措施，使版权贸易逐渐成为国内出版行业与国际接轨重要途径，有力推动我国出版事业积极参与国际竞争。

这些转变同样为中国体育图书的出版提供量变与质变间的巨大互动，而且所带来的不仅限于市场、通路的排挤效应，同时也将影响上游人才的板块移动及创作内涵上的分配与转向。体育图书出版资源不再单一，出版能力也得到发展，体育图书出版才有参与国际体育图书出版竞争的可能性和物质基础。

2. 中国在国际上地位的提升是华文体育图书进入国际出版的保证

中国自改革开放以来，经济突飞猛进，综合国力迅速增强，中国在国际的地位逐步提升，这些正在影响海外读者的阅读的取向。加之中国一贯坚持"和平共处"的外交政策，以及借助北京申奥成功，中国加强在全球的宣传力度，吸引了越来越多的海外人士了解中国、了解中国文化的兴趣。华文体育图书作为传播中华民族文化的一个载体，也正承载着中华传统文化中的一朵奇葩——中华武术，向世界传播着中华文明。这是华文体育图书较之其他种类图书受海外出版市场关注的内在原因之一。

大陆经济迅猛发展从地域上对中国台湾、香港、澳门等地区产生了强大的引力作用，由于文化上的同根性，大陆对港、澳、台版权贸易的优惠政策，版权输入的低廉成本，使得台湾、香港成为华文体育图书最大的版权输出目的地。

此外，中国在国际的地位逐步提升以及中国一贯坚持的和平外交政策，正改变着国际社会，特别是周边国家和地区对中国的外交态度。比如新加坡、马来西亚地区，随着中国大陆的力量崛起，官方对新加坡、马来西亚华人长久以来一直坚守中华文化传承的态度已做相当修正。一些国家在政治上、社会上已产生将"本土化"与"去中国化"合二为一的意识形态，从而间接地接受中华文化。因此，华文体育图书在亚洲特别是东南亚能有很好的市场表现。

（二）华文体育图书海外出版发展形势分析

科技发展使得不同的文化能在同一时空中进行交融和碰撞；全球化也可能使传统上引以为傲的图书作品庸俗化；电子传媒文化的威力，有淹没书本文化的态势。华文体育图书海外出版面临巨大的挑战。

1. 国内体育图书出版薄弱，华文体育图书海外出版发展后劲不足

我国政府十分重视体育事业的发展，不断为发展体育事业注入各种资源，但出版界却没有把这些体育资源有效地转化为体育出版资源。目前，我国国内体育图书出版形势不容乐观。主要表现在：体育图书品种结构不合理，初级、低层次、普及类体育出版物比重过大，高达70%甚至更高。选题的重复严重，并且集中于知识技术含量低的层次。体育图书的选题创新能力较差，比如，我国体育健儿不断在国际体坛上获得好成绩，有关方面却很少把这些经验总结为规律作为知识进行积累与传播。体育图书发行市场萎靡不振，没有出现真正意义上的畅销、常销图书，在发行渠道上过于依赖新华书店发行系统，体育图书出版、发行、经营管理仍然是明显的粗放模式。

我国是年出版图书10多万册的出版大国，体育图书每年出版不到1000种，从1998～2003年也不曾出版过能获得国家级出版奖项的精品图书。这也不难看出，既懂体育又懂出版的综合型出版人才更是寥寥无几。所有这些都使得华文体育图书海外出版发展得不到强有力的后劲。

2. 对现代体育的理解不足制约着华文体育图书海外出版的发展

自20世纪后半叶以来，以信息革命时代或后工业时代为背景，在传统的教育事业和健康事业的基础上，一个以观赏性职业竞技和参与性大众健身为中心的，包括金融证券、产业经营、产品销售、媒体传播等在内的巨大产业体系——现代体育运动逐渐形成并繁荣起来。现代体育正由"为了个人的健康而锻炼身体"这一理念逐渐演变为规模巨大的体育产业。现代体育在现代生产方式基础上构建了自己的运行规则，具有自己独特的文化内涵。

要出版出符合现代体育、能参与国际竞争的出版物，就必须研究现代体育的内涵，研究现代体育的发展规律。而目前，我国体育理论界在对体育内涵的理解上还存在着诸多不同的认识，同时，国内对体育的理解与欧美国家的理解也存在许多分歧。

从目前国内体育图书出版令人担忧的状况可以推测出，体育图书出版界绕开对现代体育内涵的理解，而仍然延续经验式的出版模式和粗放式经营模式。对于恰归属于体育的武术、气功，出版界也只注重其外在装潢形式是否与国际接轨，而对于如何使内容更适合现代体育的发展的研究就显得薄弱了许多。笔者在对比了6种武术、4种气功的国内版和海外版（主要是输往港澳台的版本）图书发现，除了在版式、繁简体文字、用纸、装帧和定价等形式上有明显差别外，两者内容并无太多区别。此外，从表3-7中也可以发现，他们并没有着力研究开发出新的能进入欧美体育图书市场的品种，这种短视直接制约了华文体育图书海外出版的发展。

3. 华文体育图书海外出版面临越来越大的压力

从出版的角度看，海外尽管颇多对中国文化感兴趣者，但它毕竟还不能构成一个可以支撑出版中国文化图书的市场。

中华武术对大多数海外人士来说都是陌生、神秘的。这种文化的精髓是难以靠言语和文字来领会的，更何况没有中华文化作为基奠的海外人士了。武术作为一种运动形式应该述诸视觉形象，所以，随着纸质出版物的电子替代品的出现，更多的读者会转而接受影视作品。再者，一些海外读者不自觉地把影视作品中艺术化的武术与现实接触到的武术进行比较，会产生很大落差，结果片面甚至错误地理解了武术，从而对武术产生怀疑，最终失去兴趣。这些因素都将造成部分读者的流失。

在中华武术、气功在世界传播的同时，不少带有各自文化内涵的类似的运动形式也在传播，比如泰国的泰拳、日本的空手道、韩国的跆拳道、印度的瑜伽功等，受众有了更多的比较和选择。而像空手道、跆拳道所包含的文化内涵更多的是本土文化外壳包裹下的西方文化，这种内含的文化同质性较中华传统文化会更易为西方受众所接受。因此，华文体育图书海外出版不仅会在形式上而且更会在所承载文化上经受着残酷竞争的考验。

4. 跨文化传播在本质上决定着华文体育图书海外出版发展

国际出版商协会主席佩雷·维森斯说，出版本身是一个有文化偏向的行业，即使外国出版社在当地从事出版活动也要使用当地的语言，不同的文化有自己运行的轨迹，并直接体现着该种文化的内涵与逻辑。文化意义上的传播，并不就是一种文化同一的过程，而是一种文化再加（再生）乃至文化变形（重塑）的过程。

近年来，许多西方国家对介绍中医、武术、气功等中国传统文化类图书非常感兴趣。但事实是，大多数在西方市场上畅销的此类图书却是西方人或华裔写的。比如，根据德国图书信息中心主任王竞博士提供的信息，在德国市场上畅销的介绍中医、气功等传统保健类图书就是德国人写的。究其原因，是因为西方国家受众将此类书籍归为专业类图书。按他们的习惯，专业图书应具备有据可查的背景资料和较严格的逻辑推理，否则就没有可信度。而我国出版的这类图书则多写得相对比较模糊，缺乏他们需要的相应的解释和严谨性，所以就只能被国外出版商拒之门外了。

华文体育图书在海外的出版面临的另外一个问题就是翻译。由于不同文化反映出其固有的文化现象，有其特殊的社会历史渊源，因此无法真正实现语言上的对等性。所以，在翻译的过程中难以在不同语言里找到完全等同的语言表达。而作为传播中存在于作品自在性之中具有对受者的一种抗拒知解的属性，即"不可传播性"或"反传播性"，也就是作品它构成为作品的独立性，体现为作品与受众之间的一种"间隔"状态。

在以现代传媒为中介的大众传播层次的跨文化交流日益成为重要的文化交流现象下，传媒文化产品携带着文化价值观，携带着各亚文化群体的、种族的、民族的、国家的形象，流向世界各地的传媒市场。而这时文化之间的交融依然按照世界的政治、经济和文化格局而进行，文化在现代媒介环境中的流通呈现严重的偏向不平等结构，传媒文化在制造流行文化的同时，也在悄无声息地变异着现实文化本身的正常演艺规则。因此，由于任何一种文化自身长期形成的内部机制，对突如其来的任何文化形态都会自然地产生出一种心理防御机制，会为维护自身利益和传统而本能地采取拒绝、排斥的态度。

文化的传播是图书参与国际竞争的原动力，华文体育图书在海外出版形势并不是简单的增加出版力度或加强海外宣传力量，而要从跨文化传播过程解决好中西方文化冲突、交融中实现发展。

第四章 体育图书出版结构优化研究

本研究的体育图书出版结构就是体育图书12个类目的图书在体育图书总体出版情况中的构成以及比例。我国体育图书出版事业的不同发展阶段所表现出来的出版结构是当时社会对体育文化及体育出版物需求一个反映，也是各出版单位对"体育"及体育图书出版内涵的理解在图书这种载体上的体现。在体育图书出版结构中，专业体育图书出版单位的出版结构对非体育专业出版单位的体育图书出版活动具有较大的市场暗示作用。

在我国体育图书发展的六个历史阶段中，由于受时代变迁、社会文化变迁、经济发展、科技进步、出版者对体育价值取向变化、读者阅读习惯、兴趣的变化等等诸多因素的影响，分别显现出自己发展规律。

运用Microsoft Excel软件中的"correl"函数，对体育图书出版发展的六个阶段的图书出版结构进行相关性分析，结果如表4-1所示：

表4-1　各发展阶段的图书出版结构的相关性

发展阶段	第一、二阶段	第二、三阶段	第三、四阶段	第四、五阶段	第五、六阶段
相邻的两个发展阶段的相关性系数	0.5734	0.3217	0.1469	0.993	0.8112

从表4-1可以看出：从第一阶段发展到第四阶段（1949～1989年），其相关性在逐步地减小，这说明在这几个发展阶段的结构的延续性在减小，即上一发展阶段所产生的图书出版结构对下一发展阶段图书出版结构的形成的结构基础在逐步减小，上一发展阶段所产生的图书出版结构对下一发展阶段图书出版结构的形成的影响也在逐步减小。第三阶段对第四阶段的相关性系数只有0.1469，可以反映出第三阶段体育图书出版结构对第四阶段体育图书出版结构的形成几乎没有关联，形成了

出版结构上的断层。这也是在特定历史条件下形成的。

而从第四阶段开始，虽然体育图书出版品种数快速增长，参与体育图书出版的出版社数量大量增加，但第四发展阶段对第五发展阶段的图书结构的相关系数达到0.993，说明这两个阶段的图书出版结构具有很大程度延续性，可以说图书出版结构从第四阶段发展到第五阶段的基本是稳定的，也反映出当时社会对这种出版结构的认可。第五发展阶段对第六发展阶段的图书结构的相关系数为0.8112，这也同样反映两个阶段的图书出版结构具有很大程度延续性。所以，从第四阶段发展到第六阶段，即从改革开发以来，我国体育图书的上一个发展阶段的出版结构对下一个发展阶段的出版结构表现出较大的延续性和稳定性。因而，可以说，从改革开放以来，我国体育图书出版结构表现出一种相对比较稳定的发展状态。

虽然出版结构的形成受政府严格管理的影响，但在我国社会主义市场经济的发展过程中，出版结构的形成受市场、读者阅读及购买力的影响越来越显著。在社会主义市场经济宏观环境中，体育图书出版结构却表现出较大的稳定性，这种图书出版结构是合理的吗？从计划经济到社会主义市场经济的发展过程中，体育图书出版的外部环境变化和出版管理体制的改革，这种在不同环境中的一贯的出版结构显然是不合理的。那应该不能适合现在读者的需要必须做出合理性的调整，从而出版结构就会有相应的变化，但事实上体育图书出版结构的调整变化并不明显。

因此，如何判断体育图书出版结构是否合理，将成为指导我国体育图书出版可持续性发展的关键步骤环节。

我国一向将出版工作纳入国家意识形态领域进行管理，对出版选题工作有着种种具体的规定，对重大选题实行申报制度，从而保证出版工作成为国家文化战略的重要组成部分。[1]因此，本论文将在假定我国所出版的体育图书充分满足社会效益的前提下，特别是在社会主义市场经济已经确立的现代社会环境中，通过对经济效益的影响来分析我国体育图书的出版结构，并进行优化设计。

---

[1] 柳斌杰. 在改革开放中加强出版行政管理 [J]. 中国出版,2002(12)

第一节　我国体育图书出版结构分析

我国体育图书出版结构的形成受多种因素的综合影响，如政治经济环境、技术基础、体育事业的发展状况等外部因素，也有如出版人素质、出版资源、出版成本等影响出版单位的内部因素。这些因素推动或阻碍了我国包括图书出版、新闻传播等体育文化传播事业发展的进程，对我国图书出版事业发展的速度、效益与质量也产生一定程度的影响。

总之，政府方面如何提供有利于促进出版活动的外部空间、出版单位如何改善激励体育图书出版的内部条件，是体育图书出版活动得以顺利进展的关键所在。而要建立行之有效的激励机制，就必须对各种影响因素进行具体分析，在众多的影响因素中找出哪些是主要因素，哪些是次要因素，搞清这些因素的主从次序，这无疑对改善体育图书出版环境、促进体育图书出版活动的开展具有重要意义。

一、影响我国体育图书出版结构构建的因素集

（一）影响我国体育图书出版结构构建的因素集的确立

紧密结合体育图书出版活动的宏观环境，选取并确立一个能够全面、准确反映影响我国体育图书出版活动构建的因素集（以下简称影响因素集），是非常重要的。这些影响因素集的选取及确立，既要能体现现象的性质，又能准确地测试现象的总体数量。为此，应遵循以下几个基本原则[1]：

（1）科学性原则：也叫客观性原则，即影响因素集的选取及确立要符合客观认识对象本身的性质、关系和运动过程，还要充分考虑到我国图书出版的实际情况，使之符合于我国的国情。

（2）整体性原则：选取及确立影响因素集时，不仅要使体育图书出版的统计范围包括所有的出版单位出版体育图书活动，还要从整体上或全局上考虑统计指标之间的联系，这就是全局性原则，也叫联系性原则。

（3）目的性原则：影响因素集的选取及确立要考虑管理的要求或研究的目的，这就是目的性原则。体育图书出版统计的根本任务是为科学发展我国图书出版事业服务，影响因素集的选取及确立就是实现服务的过程。

---

[1] 汪应洛主编. 系统工程理论、方法与应用 [M] . 北京:高等教育出版社,1998

（4）可行性原则：指所选取及确立的影响因素集，既要满足客观需要，又要符合实际条件。同时，分类要科学，使之具有实际可操作性。

（5）有所侧重原则：是指在保证研究对象科学性、完整性、系统性的同时，要根据需要对所选取及确立影响因素集要有所侧重，对于重点要突出反映，重点描述。

（二）影响因素集的确立

根据影响因素集的选取及确立的一般原则，从宏观环境、行业环境、具体出版行为三个不同层面，根据北京印刷学院出版传播学专家、北京出版集团、福建科技出版社、北京大学出版社、中国传媒大学出版社等出版专家、编辑、部分新闻报纸的一线记者以及北京体育大学、首都体育学院、天津体育学院、武汉体育学院、西安体育学院、成都体育学院、华南师大体育学院、中国人民大学新闻系的新闻传播学专家的意见和建议，从"头脑风暴"产生的14个纬度、45个因素中，选取其中的9个纬度、30个因素，从而确立影响我国体育图书出版结构构建的因素集，如表4-2所示：

表4-2　影响体育图书出版结构的因素集

	类　别	影响因素
影响体育图书出版结构的因素集	市场因素	体育图书出版对社会资源吸引力
		社会需求及购买力
		读者偏好
		图书市场开放程度
		图书市场体育图书出版竞争
	体育事业	国际体育事业发展
		中国体育事业发展
		运动项目的发展
	政策环境	出版政策
		政府的指导、协调与服务
		政府支持与合作出版技术的发展
	传媒技术	报刊、广电等替代产品的发展
		新媒体技术的发展
	读者行为	阅读、购书习惯
		受众媒体接触习惯

续　表

类　别	影响因素
出版管理体制	出版社品牌对体育图书出版的影响
	体育图书出版战略
	体育图书出版管理机制
体育图书出版成本	对体育图书出版资源投入
	体育图书出版所产生的社会效益
	体育图书出版所产生的经济效益
体育图书出版人才	拥有体育图书专业作者
	体育图书出版策划人才
	体育专业出版编辑人才
	编辑的学习能力
	编辑的知识融合能力
体育图书出版能力	体育信息及体育图书出版市场信息获取能力
	出版单位的出版技术体系的适应性
	体育图书发行能力

（表格最左侧合并单元格为："影响体育图书出版结构的因素集"）

二、影响因素集的模糊聚类分析

（一）模糊聚类分析方法及分析步骤介绍

对事物按一定的要求进行分类的数学方法，称为聚类分析，它属于数理统计多元分析的一支，有广泛的应用，例如天气形势的分类。处理具有模糊性事物的问题，则产生了模糊聚类分析方法。

影响出版单位出版体育图书的各种因素对出版单位体育图书出版活动影响程度的界限并不明显，具有一定的模糊性，用模糊数学处理这类样本是合理的，自然的。以下是用模糊聚类法进行分析的方法和步骤：

1. 选取出版单位进行体育图书出版的各种影响因素作为论域 $U = \{u_1, u_2, \cdots, u_n\}$，其中，$u_i$ 由一组数据来表征，即 $u_i = \{x_{i1}, x_{i2}, \cdots, x_{im}\}$。分别按照规定的评分标准对各种影响因素的重要程度进行打分，形成评分矩阵 $A = (a_{ij})_{m \times n}$。

2. 数据标准化。由于各个指标间数量差异较大，使得不同指标很难在量上直接进行比较。因此，要计算相关系数矩阵，需先对各个评价指标进行数据标准化处理。数据标准化的方法有多种，常用的有以下三

种：[1]

- 以距离的比例来标准化。计算公式为：

$$Y_j = \frac{X_j - \min\limits_i X_j}{\max\limits_i X_j - \min\limits_i X_j}, \qquad j \in I_1 \qquad (1)$$

$$Y_j = \frac{|X_j - \beta_j|}{\max\limits_i |X_j - \beta_j|} \qquad j \in I_2 \qquad (2)$$

式中，I_1 为指标值越大越好的指标集合，I_2 为越接近某一固定值越好的指标集合。

- 通过减去平均值再除以标准方差来标准化。其公式为：

$$Y_j = \frac{X_j - \overline{X_j}}{\sqrt{\frac{1}{n}\sum\limits_{i=1}^{n}(X_j - \overline{X_j})^2}} \quad , \ i=1,2,\cdots\cdots,n; \qquad j=1,2,\cdots\cdots,m \qquad (3)$$

- 以其在总量中的比例来标准化。公式为：

$$Y_j = \frac{X_j}{\sum\limits_{i=1}^{n} X_j}, \ i=1,2,\cdots\cdots,n; \ j=1,2,\cdots\cdots,m \qquad (4)$$

由于第三种方法比较简便易行，因此在实际处理数据时，本文采用此方法来进行数据标准化。标准化处理后矩阵为 $R=(a_{ij})_{m \times n}$。

$$\underset{\sim}{R} = \begin{cases} a_1 & a_2 & \cdots & a_{1n} \\ a_2 & a_2 & \cdots & a_{2n} \\ M & M & & M \\ a_{m1} & a_{m2} & \cdots & a_{m} \end{cases}_{m \times n} \qquad (5)$$

3. 建立模糊相关关系矩阵。建立模糊相关关系矩阵的方法有多种，常用的有数量积、夹角余弦、算术平均最小法、几何平均最小法、绝对值减数方法、主观评分法等，本文中用算术平均最小法。转化公式为

$$r_j = \frac{\sum\limits_{k=1}^{m}\min(a_k, a_k)}{\frac{1}{2}\sum\limits_{k=1}^{m}(a_k + a_k)} \ (i,\ j=1,2,\cdots,n) \qquad (6)$$

经过转化，可得到模糊相关关系矩阵 $R=(r_{ij})\ m \times n$。

4. 矩阵的等价变换。模糊相关关系矩阵一般只满足自返性和对称性，而不满足传递性，还不是模糊等价关系（矩阵），需要将R改造成模糊等价关系（矩阵）R*，然后才能得到聚类图。为此，对R进行布尔

---

[1] 贺仲雄主编.模糊数学及其应用［M］.天津:天津科学技术出版社,1992

乘传递闭包运算，

即计算：$R^2 = R o R$
$$\tilde{R}^4 = \tilde{R^2} o \tilde{R^2}$$
$$\cdots\cdots,$$

直至 $R^{2k} = R^k$（k=2，4，…，2n）为止，这时，$\tilde{R^k}$ 即为所求模糊等价关系矩阵 R^*，即 $R^* = \tilde{R^k}$。

5. 根据实际情况选定阀值 λ ，求出模糊等价关系的布尔矩阵 $R_\lambda = (\lambda_{rij})_{m \times n}$。

其中

$$\lambda_{rij} = \begin{cases} 1, & \text{当} r_{ij} \geqslant \lambda \\ 0, & \text{当} r_{ij} < \lambda \end{cases} \qquad (7)$$

一般情况下，当 λ 由大到小逐渐下降时，分类由细变粗，形成一个动态聚类图，通过这个动态聚类分析图，就可以实现把离群因素分离出来，并可以计算出各影响因素的权重，进而实现对各影响因素重要程度的分类与排序。

根据以上步骤，运用MATLAB软件，编写出运算程序，以便在运算中使用。

（二）实证研究

为了考察各种影响因素对我国体育图书出版结构形成的影响程度，问卷所设计的9大类共30个影响因素，这形成了模糊聚类分析的论域U=（u_1，u_2，……，u_n）。

笔者在2008年9月，利用第15届北京国际图书博览会在天津举办的机会，对曾经参与我国体育图书出版的400多家出版社进行抽样问卷调查，发放问卷300份，回收253份，回收率为84.33%，其中有效问卷239份，有效率为94.47%。

1. 根据每个影响因素的得分情况，求得数据标准化矩阵

问卷中，每个影响因素分别设了"不重要、一般、重要、很重要"四个指标，请出版单位根据自己的实际情况选择其中之一，如表4-3所示。根据问卷调查结果，根据对"不重要、一般、重要、很重要"四个指标所赋予的1、2、3、4数值权重，经过数据标准化后得到评分矩阵R=（a_{ij}）$_{m \times n}$ 。

表4-3　各影响因素的得分表

序号	影响我国体育图书出版结构形成因素	得分归一化结果				加权总分值
		不重要	一般	重要	很重要	
		1	2	3	4	
1	体育图书出版对社会资源吸引力	0.0753	0.4895	0.3975	0.0418	2.4140
2	社会需求及购买力	0.0126	0.2301	0.5732	0.1883	2.9456
3	读者偏好	0.0042	0.3473	0.5983	0.0544	2.7113
4	图书市场开放程度	0.0586	0.523	0.3264	0.0962	2.4686
5	图书市场体育图书出版竞争	0.0962	0.4393	0.4142	0.0544	2.4350
6	国际体育事业发展	0.0418	0.4351	0.3933	0.1339	2.6275
7	中国体育事业发展	0.0377	0.2301	0.5439	0.1925	2.8996
8	运动项目的发展	0.0335	0.251	0.5439	0.1757	2.8700
9	出版政策	0.0126	0.205	0.5146	0.272	3.0544
10	政府的指导、协调与服务	0.0628	0.4142	0.4728	0.0544	2.5272
11	政府支持与合作	0.2594	0.4937	0.2301	0.0209	2.0207
12	出版技术的发展	0.0753	0.5607	0.3347	0.0335	2.3348
13	报刊、广电等替代产品的发展	0.0544	0.3598	0.5272	0.0628	2.6068
14	新媒体技术的发展	0.0753	0.5774	0.2971	0.0544	2.3390
15	阅读、购书习惯	0.0544	0.2971	0.5565	0.0962	2.7029
16	受众媒体接触习惯	0.0962	0.4686	0.4184	0.0209	2.3722
17	出版社品牌对体育图书出版的影响	0	0.364	0.5774	0.0628	2.7114
18	体育图书出版战略	0.1046	0.2176	0.5356	0.1464	2.7322
19	出版单位体育图书出版管理机制	0.0293	0.1757	0.4393	0.3598	3.1378
20	出版单位对体育图书出版资源投入	0.0293	0.1046	0.4728	0.3975	3.2469
21	体育图书出版所产生的社会效益	0.1213	0.5105	0.3389	0.0335	2.2930
22	体育图书出版所产生的经济效益	0	0.1674	0.4561	0.3808	3.2263
23	拥有体育图书专业作者	0.0251	0.3389	0.5439	0.0962	2.7194
24	体育图书出版策划人才	0	0.1632	0.523	0.318	3.1674
25	体育专业出版编辑人才	0.0293	0.3264	0.5272	0.1213	2.7489
26	编辑的学习能力	0.1632	0.5565	0.272	0.0126	2.1426
27	编辑的知识融合能力	0.0962	0.5816	0.2845	0.0418	2.2801
28	体育信息及体育图书出版市场信息获取能力	0.0293	0.2259	0.5565	0.1925	2.9206
29	出版单位的出版技术体系的适应性	0.0962	0.3766	0.4895	0.0418	2.4851
30	体育图书发行能力	0.0293	0.2301	0.5397	0.205	2.9286

根据公式（4）可以得到一个指标数据的标准化矩阵：

模糊相关矩阵

2. 将影响因素进行模糊聚类分析

第一，建立标准化的评价矩阵R=（a$_{ij}$）$_{m×n}$，经过变换，将R变换成相关关系矩阵R=（r$_{ij}$）$_{m×n}$：

第二，这时的R仍只是一个相似矩阵，不能直接分类，必须对它进行布尔乘传递闭包运算，运用MATLAB软件加以计算，结果发现R$_4$=R$_8$，不难验证，R$_4$便是一个等价矩阵：

第三，取λ=0.91的布尔矩阵：

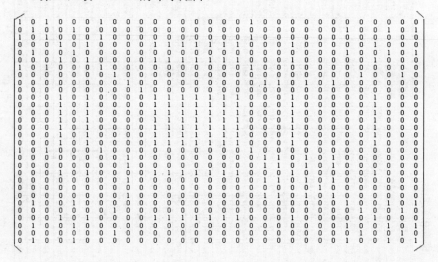

模糊等价矩阵

第四，根据布尔矩阵聚类对影响因素进行归类情况，将30个影响因素聚类为7类，符合研究要求，将总分及聚类、排序结果列于表4-4中：

表4-4　影响我国体育图书出版结构形成因素的模糊分类初始表

序号	影响我国体育图书出版结构形成因素	加权总分值	归类
20	出版单位对体育图书出版资源投入	3.2469	第一类
22	体育图书出版所产生的经济效益	3.2263	
24	体育图书出版策划人才	3.1674	
19	出版单位体育图书出版管理机制	3.1378	
9	出版政策	3.0544	
2	社会需求及购买力	2.9456	第二类
30	体育图书发行能力	2.9286	
28	体育信息及体育图书出版市场信息获取能力	2.9206	
7	中国体育事业发展	2.8996	
8	运动项目的发展	2.8700	
25	体育专业出版编辑人才	2.7489	第三类
18	体育图书出版战略	2.7322	
23	拥有体育图书专业作者	2.7194	
17	出版社品牌对体育图书出版的影响	2.7114	
3	读者偏好	2.7113	第四类
15	阅读、购书习惯	2.7029	
6	国际体育事业发展	2.6275	
13	报刊、广电等替代产品的发展	2.6068	
10	政府的指导、协调与服务	2.5272	
29	出版单位的出版技术体系的适应性	2.4851	
4	图书市场开放程度	2.4686	第四类
5	图书市场体育图书出版竞争	2.4350	
1	体育图书出版对社会资源吸引力	2.4140	
16	受众媒体接触习惯	2.3722	
14	新媒体技术的发展	2.3390	
12	出版技术的发展	2.3348	第五类
21	体育图书出版所产生的社会效益	2.2930	
27	编辑的知识融合能力	2.2801	
26	编辑的学习能力	2.1426	第六类
11	政府支持与合作	2.0207	第七类

由于打分具有一定的主观性，所以本文在征求专家意见的基础上，对以上分类结果进行局部调整，得到最终的模糊分类，如表4-5所示：

表4-5　影响我国体育图书出版结构形成因素的最终的模糊分类表

序号	影响我国体育图书出版结构形成因素	加权总分值	归　类
20	出版单位对体育图书出版资源投入	3.2469	第一类
22	体育图书出版所产生的经济效益	3.2263	
24	体育图书出版策划人才	3.1674	
19	出版单位体育图书出版管理机制	3.1378	
9	出版政策	3.0544	
2	社会需求及购买力	2.9456	第二类
30	体育图书发行能力	2.9286	
28	体育信息及体育图书出版市场信息获取能力	2.9206	
7	中国体育事业发展	2.8996	
8	运动项目的发展	2.8700	
25	体育专业出版编辑人才	2.7489	第三类
18	体育图书出版战略	2.7322	
23	拥有体育图书专业作者	2.7194	
17	出版社品牌对体育图书出版的影响	2.7114	
3	读者偏好	2.7113	第四类
15	阅读、购书习惯	2.7029	
6	国际体育事业发展	2.6275	
13	报刊、广电等替代产品的发展	2.6068	
10	政府的指导、协调与服务	2.5272	
29	出版单位的出版技术体系的适应性	2.4851	
4	图书市场开放程度	2.4686	
5	图书市场体育图书出版竞争	2.4350	
1	体育图书出版对社会资源吸引力	2.4140	
16	受众媒体接触习惯	2.3722	
14	新媒体技术的发展	2.3390	
12	出版技术的发展	2.3348	
21	体育图书出版所产生的社会效益	2.2930	
27	编辑的知识融合能力	2.2801	第五类
26	编辑的学习能力	2.1426	
11	政府支持与合作	2.0207	

三、影响我国体育图书出版结构形成的主要因素分析

从以上对影响我国体育图书出版结构形成因素集进行归类处理后，可以比较清晰地看出对我国体育图书出版结构形成的诸多因素，根据其影响程度从大到小可以归类为第一类、第二类等五类影响因素类。在同一类影响因素集中，不同的因素对构建我国体育图书出版结构所起的影响力也不同。这种分类打破原有的纯粹按市场因素、政策环境等考察纬度，而是将这些纬度中起同等影响力的因素重新组合在一起，形成一类影响因素集。这样的重新聚类既综合考虑到各纬度的影响，又有利于在分析我国体育图书出版结构形成中抓住主要矛盾。

比如，出版界认为"体育图书出版所产生的社会效益"、"编辑的学习能力"等因素，对我国体育图书出版结构形成的影响作用就不如"出版单位对体育图书出版资源投入"、"体育图书出版所产生的经济效益"等因素起的作用大。这样，在研究中，可以通过对我国体育图书出版结构形成起重要影响作用的因素进行重点分析，发现其起作用的机理和规律，从而探讨保持、改善、培育良好的体育图书出版结构，更快速并有效地寻找出一个促进体育图书出版事业持续发展的方法途径。

在聚类结果中的第一类，即对我国体育图书出版结构的形成起着最重要的影响的因素集中，既包括了宏观的政策层面，又包括了中观的制度层面，还包括微观出版技术经济学的层面。

在这第一类中的人才，确切地说是体育图书出版策划人才，是重中之重。虽然体育专业出版编辑人才和专业作者并不归在起最重要作用的第一类中，但在第二类、第三类中，他们同样起着本类别中最重要的作用。我国体育图书出版事业发展需要资金、信息和人才的投入，但最重要的还是人才，人力资源是体育图书出版事业发展所需的一种特殊资源，包括体育图书出版选题策划人才、专业出版编辑人才等，尤其是刚刚涉足体育图书出版领域的出版单位，往往是人才与技术同时引进，这时，环境能否随时提供出版单位所需的高质量出版人才就成为影响我国体育图书出版事业发展的关键。因此，从这也不难看出体育图书出版人才在我国体育图书出版结构的形成过程中起着尤其重要的作用。

出版单位认为对体育图书出版资源投入以及体育图书出版所产生的经济效益是影响我国体育图书出版结构形成的重要因素，但不认为体育图书出版所产生的社会效益是构建我国体育图书出版结构的重要因素。

出版单位看重体育图书出版这种经济效益上的出版投入产出，因此，从这个角度来看，体育图书出版成本在构建我国体育图书出版结构过程起着至关重要的作用。

从我国体育图书出版的发展历程不难看出，国家出版政策对发展包括体育图书在内的出版事业起着宏观调控、出版资源合理配置、引导中国出版产业发展历史性功能，也是各出版社战略制定、战略调整以及出版单位体育图书出版管理机制制定等的重要出发点和依据。

（一）体育图书出版"人力资本"对构建我国体育图书出版结构的影响

在以知识为基础的经济时代，知识已成为重要的战略性资源。[1]出版社诸多生产要素中核心要素就是出版人力资本，当把蕴含在包括出版社管理者、选题策划人员、编辑出版人员、作者等在内的知识和技能冠以"人力资本"分离出来，作为影响体育图书出版结构形成的重要因素进行研究时，就赋予了生产要素以新的内涵。

"人力资本"是指体现在劳动者身上的，以劳动者的数量和质量表示的资本，它主要由在教育和训练上的投资产生。"人力资本"充裕的出版社，必定形成含有较多"人力资本"的体育图书出版结构，即这个出版社在竞争中具有"专业技术密集型"的图书相对优势。在社会主义市场经济中，人民体育出版社的自然优势及获得性优势已经不再像计划经济时代那么明显，通过市场对出版资源的重新配置，出版要素对其参与竞争产生的作用也在减小。现在，作为体育专业出版社来说，真正的优势在于它们具有一支蕴含着大量人力资本的高度熟练的出版专业人才队伍，这就决定了体育专业出版社出版的高技术密集性，它成为体育专业出版社出版的比较利益的基础。这将是体育专业出版社在今后激烈的竞争环境中生存和发展的基础保障。

任何出版人都清楚，选题对于出版极其重要，它是出版基础的基础，也是最重要的环节。有道是："选题失误，一误再误"，即一旦选题出错，后续工作做得再好，也难挽回整体的损失。对出版工程来说，有牵选题"一发"而动整个出版全局的作用和结果。选题重要，选题策划更重要。选题策划不容易，策划出好的选题就更难。因为，选题策

---

[1] 张志林.印刷传播知识管理［M］.北京:中国书籍出版社,2004

划不仅需要创造性思维活动，而且需要进行大量的、有效的、科学的市场调查，还需要选题策划人有较高的整体素质，并且必须做到全身心投入，才能集中精力策划出好的选题。

在体育图书出版选题策划、开发、原创阶段，主要体现在对出版人力资本要素投入上，因此，具有丰富出版人力资本要素的体育专业出版社在选题的策划、开发、原创阶段占有优势，并可以通过对新品种图书的专业知识技术保护，抢占图书市场，获取高额利润。当此种图书成为畅销或常销品种时，由于知识技术的扩散，原创优势削弱，其他实力较强的出版社利用相对充裕的"人力资本"要素，首先围绕此种选题进行系列开发，并发挥自身资本充裕的相对优势，获取规模经济利益。随着此系列选题的不断涌现，图书市场形成一种"热销"的人为的繁荣景象。图书市场这种"热销"使得此系列选题信息获得渠道急剧膨胀，同时市场也已经成熟，出版成本主要集中在信息的收集和机械复制上，这时的竞争就主要表现在批销折扣即价格竞争能力上，图书的相对优势就会转移到专业技术水平较低、劳动力资源相对丰富的出版社上。人力资源要素对体育图书品种的出版及体育图书出版结构形成决定性作用。当然，在市场经济环境中，"人力资本"这种重要的生产要素具有较强流动性，这种流动性也将造成体育图书结构的频繁重构。

现在有不少出版单位将编辑专业分工为策划编辑与加工编辑，目的是强化图书产品的全程策划和加大开发力度，提高图书质量，增强竞争实力。尽管选题策划与编辑加工工作内容有所不同，策划编辑与加工编辑的工作岗位有所不同，但二者的工作目标是一致的，即都是为了出好书。因此说二者是一个事物的两个方面，相互依存，不可分割。能否处理好二者的关系，将成为决定出版社能否更好地生存、图书质量能否得到保证、出版社的品牌形象能否得以维护乃至出版社能否持续发展之关键所在。

（二）出版成本对我国体育图书出版结构形成的影响

1. 绝对出版成本对我国体育图书出版结构形成的影响

计划经济时代，在出版社成立之初，国家就为其规定了分工范围，在出版资源极其匮乏的年代，这种分工的发展促进了生产劳动率的提高，从而使我国的出版事业从一穷二白的基础上快速发展起来。

出版社在从事出版活动时具有自然优势或获得性优势。自然优势是指由于不同国家在土壤、气候和位置上的差别所造成的相对稳定状态的优势。获得性优势是指在分工基础上形成的生产方面的特种能力和技巧。[1]这种自然优势表现在地域上的差别，有中央与地方在级别上的差别，图书销售渠道上的差别等等，这些由于自然条件差别所造成的相对比较稳定的优势就是出版社的自然优势。例如，高等教育出版社地处我国文化的中心——首都北京，是中央级出版单位，享受国家出版政策方面的优惠出版条件，图书发行的主渠道——新华书店发行渠道在北京，而且北京拥有我国最大的图书批发市场，像这些自然优势都是各省的高教出版社所无法比拟的。出版社的获得性优势则表现在出版分工基础上形成的出版方面的特种能力和技巧，而且也造成出版成本方面的差异性。例如，人民体育出版社对体育运动发展规律的把握、内涵的理解，专业人力资源的配置，长期专业出版实践活动中获得体育专业出版技能与经验，与体育理论界专家学者长期合作形成相对稳定的关系网络，对体育信息资源获取能力等都是在国家将其定位为体育专业出版社后获得的，这些优势决不是其他非体育专业出版社短时间内所能得到的优势。

出版社在从事出版活动时具有的这种自然优势或获得性优势时，也就具备了成本优势和价格优势，在竞争中就处于有利地位。这种由于自然优势或获得性优势使出版社在竞争中获得有利位置，促使它充分发挥自己的专业技术水平和出版特色，减少出版成本，获得最大的绝对利益份额。因此，在从新中国成立以来到20世纪80年代初期，国家严格控制出版社出版分工范围，虽然也有不少出版社参与体育图书出版，由于人民体育出版社在体育图书出版上占据了绝对的体育图书出版的自然优势和获得性优势，致使这个时期我国的体育图书出版结构几乎就是由人民体育出版社的出版活动决定的。

我国体育图书出版发展第一发展阶段到第三发展阶段的体育出版结构模式的形成，是由各个出版社自然或传统的有利条件所致的产品成本的绝对差异决定的。体育图书出版成本的绝对差别，或者说体育图书出版成本绝对低，就能形成参与体育图书出版的出版社最大的绝对利益份额。

2. 比较出版成本对我国体育图书出版结构形成的影响

从第一发展阶段到第三发展阶段各个出版社参与体育图书出版时，

---

[1] 亚当·斯密. 国民财富的性质和原因的研究（下卷）[M].北京:商务印书馆,1979

由于自然优势或获得优势的不同形成以人民体育出版社影响为主的体育图书出版结构。

我国出版事业体制改革以来，出版社就遵循着"事业单位，企业化运作"的模式在运行。随着我国社会的发展，社会主义市场经济体制的逐步确立使得出版产业改革发展的外部环境发生了根本性的变化。一方面，计划经济的外部条件不复存在了；另一方面，计划经济的管理与运行手段也逐步失灵了。社会主义市场经济条件下，出版产业正在形成并将日益完善的市场竞争机制。这就迫使"转换出版单位的经营机制，进一步完成出版单位由生产型向生产经营型转变，……出版单位的生产活动要按照企业的规范进行。"[1]出版社进行转制，出版社的生产和经营活动都要面向市场(尽管不能一切以市场为导向)，才能更好地满足各类读者对出版物多方面多层次的需求；出版社的社会效益和经济效益及其相统一的要求终究是要通过市场来实现的（尽管不是每一本书都以市场发行量多少定优劣）。

通过市场竞争机制，一些出版资源得到重新配置，如选题资源、作者资源、专业编辑出版人力资源等。这些出版资源的重新配置使得出版社原先的获得性优势相对减小；科技、现代交通等的发展，对自然优势也是有效的削弱。而且就某一个出版社的出版活动来说，没有绝对成本上的差异，那么该出版社如何选择不同品种类别的图书进行出版呢？比如，人民出版社为什么出版"中国体育事业"的选题而不出版"体育科学训练方法"选题？体育专业出版社为什么加大对"G89"类别的出版力度而不加强"G83"的出版？这种种疑惑都反映在了体育图书出版结构中，而又无法用绝对成本来解释。因此，随着时代的发展，社会的进步，出版社参与体育图书出版的绝对成本对体育图书出版结构的影响在逐渐地减小，转而体育选题的出版比较成本成为对体育图书出版结构的影响的另一个最重要的因素。

选择不同选题进行出版的过程，其实就是出版单位在符合出版要求且预期收益相同的前提下，对各选题的出版成本进行比较过程。专业性、理论性、学术性、技术性、知识性、原创性越强的图书，所耗费的人力、物力、财力及信息资源越多，其出版成本就越高。而基础知识普及型、专业知识入门型、资料整理汇编型、休闲娱乐消遣型等图书，是

---

[1] 王永亮.传媒精神［M］.北京:中国传媒大学出版社,2005

以满足读者的休闲、娱乐、消遣和了解信息为主的阅读目的，对相关信息的含量、新颖程度等的要求大于对其知识体系、专业技术水平和理论深度及前沿性的要求，这些特点正可以为出版社减少出版成本。这从各阶段出版社参与不同类别体育图书出版的选择变化情况就可以清楚地验证，在进行研究的12类体育图书中，从第四阶段（1977～1989年）到第六阶段（2000～2008年），只有对G84球类的出版，出版社增加了数量，而增加的品种又有一定的特点，如表4-6所示：

表4-6　G84球类图书在不同发展阶段出版数量变化情况

比较的类别（在G84球类的比例）	第四阶段	第五阶段	第六阶段
G841.1篮球理论、方法	0.0472727	0.0379965	0.0338983
G841.2篮球教学、训练	0.0545455	0.044905	0.0254237
G841.4篮球规则、裁判法	0.032723	0.029361	0.025237
G841.9篮球运动概况、历史	0.0036364	0.0379965	0.0423729

在不断增加的类别是专业技术知识含量较少的"G841.9篮球运动概况、历史"，而以专业性、理论性、学术性、技术性、知识性为出版基础的"G841.1篮球理论、方法"、"G841.2篮球教学、训练"、"G841.4篮球规则、裁判法"，其出版成本较"G841.9篮球运动概况、历史"高得多，因此，随时间发展有减少的趋势。这就是通过出版比较成本对体育图书出版结构起作用的结果。

3. 出版要素比例对我国体育图书出版结构形成的影响

在国民生活步入小康之际，我国政府在20世纪90年代后期实施的"全民健身计划"和"奥运争光计划"，以及2001年北京申办2008年奥运会成功、中国体育代表团在2004年、2008年奥运会上获得的历史性好成绩等都积极推动了国民参与体育运动的热情，也拉动了对体育图书的需求，加剧了体育图书市场的竞争。那么在这种剧烈竞争的背景下，人民体育出版社是像计划经济时代出版所有品种的体育图书还是要选择某些类别出版以在剧烈市场竞争中处于有利地位？非体育专业出版社是否仅仅出版那些对专业知识要求低的普及型读物？如果用比较成本学说和相对优势来解释，那回答为"是"，但在体育图书出版市场上的实际情况却为"不是"。那是怎么回事？

各出版单位拥有的生产要素禀赋、种类是不同的，所以各种要素在各个出版单位的相对价格存在着差异：较充裕的生产要素，其价格相对便宜，而较稀缺的生产要素，其价格相对昂贵。这是将生产要素禀赋的综合比较优势作为各出版单位进行体育图书出版的基础。这是以"所有出版单位各种出版物的出版生产函数是固定不变的，出版物的生产要素可以分割而且比例为既定，但生产要素在各出版社之间不流动，各出版社的生产要素和出版物是均质的"为假设前提。

在商品生产函数固定和要素比例为既定的条件下，使用出版社内部相对丰富的生产要素参与体育图书出版结构的分工，出版以要素密集为特点的图书进行竞争，那么，其出版成本便低于其他出版社水平，在竞争中具有相对价格优势或比较成本优势。例如，是选择"奥林匹克"普及知识读本还是选择"中华人民共和国体育法"选题，如果用比较成本学说解释："奥林匹克"普及知识读本的选题以信息量为主，对专业知识要求低，而对"中华人民共和国体育法"选题的专业性、学术性、理论性要求很高，那么"中华人民共和国体育法"选题的出版成本比较高，则应该选择出版"奥林匹克"普及知识读本。但事实上是法律出版社选择"中华人民共和国体育法"选题出版。用"生产要素禀赋及要素比例学说"解释就比较清晰：法律出版社在法律图书出版方面的，法律知识作为其相对丰富的生产要素，选择这种生产要素相对丰富的选题进行出版，其出版成本比生产要素不丰富的选题要低。

因此，体育图书出版结构的不断调整变化以及各出版社所出版的体育图书在体育图书出版结构中的地位也可以归因为各个出版社体育出版资源要素富裕程度的差别以及使用的有效性。如果每个出版社从事于出版那些可以大量利用该出版社充裕的生产要素密集图书，将有效地降低出版成本，在竞争中就会拥有比较优势，就能获得较大的比较利益份额，从而有利于体育图书出版资源的合理配置，进而优化我国体育图书出版结构。

（三）出版政策及管理机制对我国体育图书出版结构形成的影响

市场机制的自发运作在某些方面可能导致精英文化边缘化乃至精英文化、主流文化选题出版方面的危机，一些真正有价值的主流文化、精英文化选题得不到出版，其责任不在市场机制本身，而是由于国家干预、调整机制不健全。针对市场的缺陷，需要以适当的出版政策进行补救，需要政府进行有效的干预。正如美国的一些经济学家所言：市场经济之需要干预，在很大程度上不仅是因为社会使其肩负国家的目标，而即使市场作用得以充分发挥，这个目标还是无法实现。[1]

实际上，在计划经济体制下，我国的出版工作包括选题工作一直处于国家意识形态管理部门的严格审查和管理之下。改革开放之后，尽管出版体制的市场转型在循序渐进地进行，但对重点选题的规划和审查却一直没有放松，这就保证了出版选题的先进文化性质。然而，正如市场并非灵丹妙药一样，政府干预也不是万能的。就出版选题而言，哪些选题该由政府干预出版，干预的内容和程度如何确定，仍然是一个有待讨论的问题。

出版政策法规体现了社会生产关系性质对体育出版结构的制约作用。出版政策通过增强或减弱不同出版物的管理力度，来影响体育出版结构的形成。国家为了扩大鼓励某些品种体育图书的出版，就会采取减免税收、返税，增加某些品种图书的政策、资金、人才上的扶持，取消出版壁垒，鼓励出版社积极参与竞争等各种直接或间接的方式，通过出版政策法规对选题的论证机制、决策机制的改革和完善进行必要的指导，使出版社的出版成本相对降低，出版收益相对提高，从政策上促使竞争机制的形成，促进体育图书出版结构向满足人民日益增长的对体育文化生活的需要的方向完善。此外，通过出版政策法规的指导，制定一套行之有效且在选题遴选上科学合理、持之以久的出版资助制度，比某种临时的政策措施将更能发挥长久效力。

国家的出版政策决定了对出版产业鼓励或约束的力度，决定了对出版产业的布局安排和相应的财政税收等经济政策，也决定了各出版单位的图书出版管理体制的调整方向。如当前出台的出版企业集团化、分销渠道向国际资本开放、文化体制的改革等重大产业政策，这些政策措施对刺激出版单位体育图书的出版有着直接作用。各出版单位根据国家出版政策积极调整图书出版管理体制。改革开放以来，中国出版政策不断在为适应社会主义市场经济环境进行努力的改革，到2003年取消了实行了20年的关于出版社专业分工的政策，为各出版单位可以根据市场行情灵活调整各自的出版发展战略提供了政策保证。近年来，中国体育事业蓬勃发展，体育产业也日新月异，随着生活质量的提高，人民群众越来越关注健康、休闲和娱乐以及以此为基础的体育运动。体育运动已经成

---

[1] 埃尔肯.P.G..新模型经济 [M].上海:上海译文出版社,1990

为"眼球"经济的新亮点，这也是作为大众传媒之一的图书出版业争先恐后涉及的热点领域。于是，各出版单位在体育图书出版管理体制上有明显体现，如加大对体育图书出版的出版资源投入，加大对体育图书出版的鼓励、奖励力度，加大对体育出版人才的网罗，加强体育图书的发行力度等措施。这样的结果，不仅直接影响体育图书出版的数量，也会影响体育图书出版种类的选择，从而影响体育出版结构，也必然深深影响体育图书出版事业发展前景。

作为出版单位，必须适时调整各自的出版战略方向，以适应出版政策的发展。出版产业政策，是出版社战略制定、战略调整以及出版单位管理体制改革的出发点和重要政策依据。

（四）社会需求及购买力对我国体育图书出版结构形成的影响

社会需求是一种生活水平、人口、经济发展水平、环保等与社会整体发展相关的需求。生活水平、人口数量、经济发展水平、环保要求等社会大系统的一系列属性，其变动都会引起社会需求的变动，进而影响读者对体育出版物的购买决策。

社会需求通过市场竞争要素，在出版生产要素价格、资源的稀缺、竞争对手的出版行为等对本出版单位的出版活动产生挤压作用。在生产要素市场竞争激烈的情况下，出版单位就会以减少价格昂贵的生产要素使用量，或提高其利用率，或寻找替代品，以提高自己在市场中的竞争优势，弥补由于市场竞争引起生产要素价格变动带来的利润压力，最终反映在出版物的定价上。出版物的定价也是读者对体育出版物购买决策的重要因素之一。

社会需求通过社会文化环境，即读者群所在地区由文化的长期积淀形成的道德、风俗、习惯、价值观等，在广泛和深层的范围内，影响着读者对体育图书购买决策。无论是作为主体的潜在购买者，还是起宏观指导作用的政府，对体育图书的决策选择与项目实施，都不得不依从既有的文化价值规范，力求得到社会的普遍认同。

从整体而言，我国图书市场经过二十多年的快速发展，市场短缺宣告结束，图书市场已呈现过剩经济和买方市场的格局。买方（读者）有较充分的选择余地，从而处于相对有利的地位。[1]我国体育图书买方市

---

[1] 贺剑锋,刘炼.我国图书买方市场的特征及对策研究［J］.出版科学,2001（4）

场形势，对我国的体育图书出版活动的影响，进而对体育图书出版结构发生了巨大的影响。

　　传统的出版观认为，作者与作品是第一位的，作品是作者的思想表达，出版物是记录、储存知识的物质载体，读者是出版传播的被动接受者，出版传播是从作者、作品向读者进行的线性传播过程。因此，传统的体育图书出版传播中，体育图书出版人只注重寻找作者和确立作品的存在意义，而忽视了出版选题与读者的关系。即使在市场条件下，一些出版者搞市场调研也只从纯粹的经济利益出发，根本不在乎读者对出版选题的真实阅读感受与意见反馈。这种行为导致了体育出版物与读者的分离，造成了传而不通的被动结果。

　　在体育图书买方市场的环境中，读者具有更大的自主性、选择性，他们可以根据自己的阅读记忆和阐释需求而对体育出版文本进行甄别和取舍；可以调动自己全身心的生命体验，通过对体育文本、图文、符号进行识读和解码，进而对体育文本重新进行编码和阐释；然后在对体育出版文本重新编码和阐释的基础上，与作者的创作目的和传播者的潜在意图进行积极的对话和意见反馈。[1]体育图书买方市场的现实存在使得读者对作者的理解并不用以作者的意图为准，而可以是在自己的期待视野中重建自己的意义世界；相反，作者只有在读者身上才能发现自己的存在和自己的思想。体育出版者的传播意图是否能够实现，关键在于阅读者是否能够通过有形的物质载体而进入无形的体育精神文化的交流状态中。

　　体育图书买方市场的现实将体育图书出版工作从长期忽视读者阅读状况的状态中拉了回来，而将完整的体育出版文本通过读者的文本选择、文本阅读和阐释、文本交流三个阶段的接受行为作为一个整体来看待，使得体育出版文本通过体育文本接受与阐释的中介得以实现意义的传通。体育图书出版过程不单是自下而上的传统出版选题模式，也不是简单的自下而上、自上而下的双向模式，而是应该将作者、作品、读者通盘考虑，进而从读者的接受心理中"发现作者"和"创造作品"的过程。

　　体育图书买方市场的现实，对体育图书出版影响直接改变了出版者

---

　　[1] 苗遂奇.现代出版选题学引论［M］.苏州:苏州大学出版社,2005

与读者在图书市场中博弈的地位，最终以出版者的妥协为结果，其市场表现形式就是体育图书出版结构随市场的变化。

（五）新媒体技术的发展改变读者的阅读习惯对体育图书出版的影响

科技革命正在改变媒体及其支撑环境，数字技术正在成为支撑所有传媒的存在基础、技术标准与发展取向，正在改变不同形态传媒的边界，造就新意义上的大众媒体。当代社会的发展已经把大众媒体的发展引入计算机信息处理技术基础之上出现和影响的数字媒体形态。

互联网的异军突起打破了以往电视、报纸、图书、广播、杂志五大媒体的市场垄断地位。在中国出版科学研究所对1999年、2002年和2004年三次国民阅读与购买倾向的大规模抽样调查，进行比较研究发现：在工作日里，接触CD、VCD（DVD）和上网的人数比例明显提高；接触电视、杂志的人数比例有增长，但增长趋缓；接触报纸、图书、广播和录像机的人数比例有过增长，但最近又开始回落，其中2004年广播的接触率甚至还不如1999年。这些变化一方面说明在多媒体时代受众的媒介选择多样化的倾向，另一方面则证明了近年来互联网和新的光电出版物在我国迅速普及，其影响力已超过了传统媒体。

美国尼尔森媒介（Nielsen Media）研究公司的最新调查数据显示，互联网的日益普及使得年轻人更加习惯于在网上打游戏、浏览体育新闻以及与好友在线聊天等。互联网在中国的发展不但改变了我国网民传统的媒体接触习惯和接触时间，而且改变了年轻一代人的阅读习惯。我国2003年有18.3%的人有在网上阅读的习惯，而且从1999年到2003年五年来我国有网上阅读习惯的人数比例正以每年递增80%的速度增长。网上聊天、看网上小说、读文章、查信息、看图像、玩游戏的90%以上都是40岁以下的青年人。而根据2004年央视—索福瑞媒介研究，"体育报道"的受众构成从人口统计学特征来看，以男性、中青年人、中高教育水平、中高收入居多。这与有网上阅读习惯人群的特征几乎一致。

现代体育的传播是要诉诸视觉形象的。在非纸介出版物尚未出现、未普及的历史条件下，体育传播只能单纯地依赖于一种尽量的图文并茂的形式呈现给读者。传播科技的进步，以及社会经济文化的互动，传播媒介由比较单一的媒介结构发展到今天的多种媒介的大联合，各种媒介又吸收、借用了其他媒介的优势，不断形成新的媒介。各种媒介各种技术的相互融合与渗透；不断涌现各种新的媒介形式；媒介环境变得多样化、多媒介化、多频道化。这种媒介变革必然对原有的媒介秩序和媒介环境形成一定的影响，并会引起媒介自身形态的变化，这种影响和变化主要表现为多元化媒介环境的出现。传播媒介形态变化使体育传播由原来依靠单纯依赖书籍、"新闻纸"传播发展到广播、电视传播，到2000年奥运会第一次实现了网络直播，2002年世界杯，已经通过网上直播比赛、传送最佳进球和比赛的动画图片以及比赛统计等。体育传播实现了的对媒介选择以及对媒介组合传播的可能。

一般情况下，技术环境对经济及企业的影响是累积渐进的，但一旦出现重大的技术突破，就会产生全面的、革命性的影响，根本改变企业的活动方式。由于传统的纸介图书给读者带来的特定需要的满足，在世界范围，就图书出版业整体看，技术环境还没有造成图书出版的衰退。因此，目前出版界大部分人认为"新媒体技术的发展"、"阅读、购书习惯"、"受众媒体接触习惯"等因素对体育图书出版界够的影响个是那么重要，但信息传播技术的发展促进报刊、广电等图书产品的替代消费品的发展，也促进了消费观念和消费习惯的改变，占有了大量原来属于图书的潜在购买力，使出版社从行业内竞争扩展到行业外竞争。在出版行业内，数字化出版、网络发行技术，使出版生产经营方式也在出现革命性的变化。这些变化不能不引起体育图书出版方针的随之改变。因此，体育图书出版发展战略必须考虑相关行业和本行业新技术的挑战。

第二节 体育图书出版结构的优化

出版社以什么类别的体育出版物参加图书市场竞争，才会获得最大的利益？以什么样的体育图书出版结构模式并经常做出动态性调整优化，才能最大限度地满足人民日益增长的对体育文化生活的需要？从我国体育出版结构的历史演变和横截面研究中，也可以看到，体育出版结构优化没有静态的、绝对的和统一的模式，生产力各要素结合方式或生产力结构的动态变化以至要素密集转换，势必使各个出版社在体育图书市场竞争中的地位经常发生变化，从而导致体育出版结构的变化。这种变化不仅包含体育出版结构演变规律的客观内容，同时还与各个出版社的具体出版条件和出版特点密切相关。

一、体育图书出版结构优化的基本含义

体育出版结构优化的第一重含义，要看体育出版结构的调整过程是否有利于改善或提高体育图书的选题资源开发能力，即体育出版结构的调整过程中，一个新的体育图书品种出版后能否带动更多新品种及系列品种体育图书的出版的能力，当一个新的体育图书品种出版后能带动更多新品种体育图书的出版，说明这种体育出版结构的调整过程有利于体育图书的选题资源开发能力的提高，反之则不利。如果用品种数来表示，体育图书的选题资源开发能力就是新品种的出版数与其引发带动的新品种数量之比，具体的计算方法是：

$$P = \frac{(G_x - G_{x0})}{(G_{bi} - G_{m0})} = \frac{G_x}{G_m} \qquad i=1, 2, 3 \cdots\cdots n \tag{8}$$

上式中P表示体育图书的选题资源开发能力，G_{m0}表示基期年的出版品种数，G_{mi}表示基期年以后，第i年的出版品种数，G_{x0}表示被引发新品种出版的基期年品种数，G_{xi}表示基期年以后，第i年被引发新品种出版的出版品种数。

体育图书的选题资源开发能力P随G_m、G_x变化情况如下：

（1）当$G_{mi}=G_{m0}$，则上述公式分母为零，公式无意义，说明其他新品种的产生并不是由G_m引发的。

（2）当$G_{mi}>G_{m0}$即G_m有新品种出版，而$G_{x0}=G_{xi}$即公式分子为零，则P=0，即说明这种出版结构的调整没有引起选题资源开发能力的提高，这种出版结构的调整没有意义。

（3）当$G_{mi}>G_{m0}$，且$G_{xi}>G_{x0}$即G_x也有新品种出版。当$P=\frac{(G_x - G_{x0})}{(G_m - G_{m0})}<1$时，说明$G_m$对$G_x$影响不大，这种出版结构的调整虽然有利于引起选题资源开发能力的提高，但效果不明显；当$P=\frac{(G_x - G_{x0})}{(G_m - G_{m0})}=1$时，说明$G_m$与$G_x$新品种的选题资源开发能力同步；当$P=\frac{(G_x - G_{x0})}{(G_m - G_{m0})}>1$时，说明$G_m$对$G_x$新品种的选题资源开发能力影响大，P值越大则$G_m$对$G_x$新品种选题资源开发能力越强。这种出版结构的调整有利于引起选题资源开发能力的提高，这正是出版结构调整的最终目的。

如果在某一时期选题资源开发能力由G_m的变化引发的，一方面说明G_m正是出版结构调整的关键，如果加大对其的选题开发力度，体育图书的出版结构在向优化方向或在向"最优状态"逐步接近，将直接推动我

国体育图书品种繁荣发展。因此，从某一时期出版结构的调整是否有利于选题资源开发能力的不断提高这方面来看的体育出版结构优化含义，是从出版结构的构成的角度来考察的优化，体现了选题资源开发能力与出版结构的内在必然性。

体育出版结构优化的第二重含义，是要看参与体育图书出版的出版社在体育出版结构是否能充分发挥它们的相对比较优势。

在体育图书出版竞争中，不同出版社在出版结构中的地位，以及其所出版的体育图书在图书市场上的份额及将获得的利益是有很大差别的。一般来说，出版社对选题开发能力会随着体育出版结构中知识和技术含量大的出版物在出版结构中比例的递增而逐渐改善。那么，似乎这类体育图书构成比例的大小就成了判断结构是否优化的绝对标准。但是，众所周知，一个出版社出版体育图书变化的基础是其自身的出版结构特点，在体育图书出版竞争市场中，各出版社的地位和比较利益获得性的大小，决定于各出版社刘体育图书出版率水平的总体差异。如果无视自身出版能力发展的规律，超越实际可能去片面追求在体育图书出版结构中占有大份额，不仅会破坏其原有的出版规律，引起本社内的出版失衡，而且反过来会阻碍体育出版结构优化的速度。

因此，体育出版结构的优化也有它的客观基础，判断体育出版结构是否优化，一方面要以不断改善提高各出版社的体育图书出版选题资源开发能力为目标前提，另一方面要以各出版社内部的出版能力为基础，按照各自出版能力发展水平和出版结构的特点，以是否能因地制宜、扬长避短，充分发挥自身的优势条件为标准。就具体的一个出版社而言，简单地说，所谓优化体育出版结构实质上就是需求适合我国体育图书出版整体发展的适度出版结构。这一适度结构的合理内涵在于：体育图书总体出版结构的优化，要以发挥各个参与体育图书出版的出版社其自身出版优势为前提，而发挥和发展各出版社的相对优势，目的在于改善在体育图书出版结构中的地位，缩小劳动生产率的总体差距。

二、体育图书出版结构优化的原则

（一）体育图书出版结构优化的动态基本原则

体育图书的出版优势有静态和动态优势两类。静态优势是指在现有生产力发展水平下，在图书市场中已经显露出来的绝对或相对的比较优势；动态优势是指在未来随着生产力的发展和变化，可能在竞争中获得比较利益的潜在优势。与之相应，体育出版结构优化也包括静态和动态两层含义。静态意义上的优化，是在既定的生产力水平条件下，用出版社内具有优势的出版物去占领体育图书市场，其体育图书的构成比例，是根据其出版规模及其发展水平提供的可能，以能获取的比较利益大小为基础的。动态意义上的体育出版结构优化，是指随着生产力的发展和变化，顺应体育出版市场变化的规律性，能主动地把握时机将潜在优势转化为新的出版竞争优势，不仅改善图书市场环境，而且有利于带动各出版社相对优势的发挥，使体育图书总体出版效益不断得到提高。动态结构优化是在静态优化基础上，以发展潜在优势和建立新的优势为目际的出版结构的调整过程。

在这样的动态原则下，体育出版结构优化中必须遵循的准则：

1.各出版单位的比较优势受着体育图书出版结构的制约，要使比较优势持续地发展就必须认真研究体育图书市场。

2．体育图书和其他商品一样，具有生命周期，由产生到衰亡，因此，要尽快提高本出版社出版物竞争力，就必须审时度势，积极开发图书新品种。

3．需求因素在比较优势的形成和转换中起着重要作用，在体育图书出版中必须充分重视读者对体育文化产品需求结构的变化，认真分析不同层次的消费者的偏好需求，创造出异质性体育图书品种。

4．专业技术因素在比较优势的变化发展中起着越来越重大的作用，要在竞争中处于有利地位，使体育出版结构迅速升级，就必须及时地大量地发挥本单位的专业技术优势并不断引进、消化行业内新技术和积极创新。

5．规模经济对比较优势成长有着很大影响。体育专业出版社应充分利用国内市场，合理规划本社出版物结构，同时积极参与市场开拓，实现规模生产，从而提高生产效率，降低产品成本，促使比较优势尽快形成。

6．政府可以在比较优势的发展转化中发挥积极作用，政府应正确制定相应出版管理政策，并运用各种经济手段，以至必要的行政手段来促使体育图书出版和有序竞争的发展，形成出版、印刷、发行的良性循环，促进我国出版能力的进一步提高。

体育图书出版结构优化的动态原则的核心是各出版单位都具有比较优势，而且比较优势是发展变化的，否则，将会使生产力水平与经济发展水平相对凝固，现时的比较优势就会妨碍潜在比较优势的发展壮大。

（二）经济效益是体育图书出版结构优化的另一个基本指导原则

经济效益是指社会生产活动中劳动力、自然资源和资金等要素的占用与耗费，同实际取得的经济成果的对比关系。生产和贸易活动中消耗一定的劳动、资金和资源，所取得的成果越多，其经济效益就越高，反之亦然。

对体育出版结构来说，经济效益原则首先是要求体育图书的出版活动在满足社会效益的前提下具有较大的经济效益，即体育图书的出版能以较少的劳动力、物力与财力的、投入和主要依靠科技技术进步因素来取得较高的产出，从而使体育图书能较快地降低成本，获得较高的经济效果，使该体育图书能较快地取得比较优势，推动体育图书市场的发展。与此相反，如果经济效益低下，其发展只能依靠加大人力、物力与财力的投入量来支撑，这种体育图书也就不可能担当起体育出版结构优化中的主导体育图书的重任。

其次，从长远观点看，经济效益原则要求体育图书必须具有较稳定的经济效益，体育图书出版必须能以一次或少数几次出版编辑活动取得相对长远的、稳定的经济回报，即图书的常销状态。这就要求不仅能不断降低出版成本，提高出版物质量，能长期地发展和占有比较成本优势，而且更重要的是必须拥有较高的体育图书市场需求增长率，从而能使该出版物通过再版重印等简单低投入的劳动在市场中占据有利位置。

此外，经济效益原则还要求体育图书在出版过程中能尽量多、尽量大地带动和推进整个图书结构的进步与图书市场的发展，以至整个文化市场经济的成长，为社会带来直接或间接经济效益。这是因为一些体育图书能迅速进入市场，引起社会的关注，在我国文化市场中起到重要的作用。因此，可以加大其本身生产活动同其他产业的联系，即增强产业关联度，通过出版产业链带动整个出版业的发展，并促进整个体育文化市场的发展，同时也能为国家获得较高的客观经济效益。

因此，体育出版结构的经济效益原则还具有带动与促进产业结构升级进步的特点。

三、体育图书出版结构的优化指标

（一）出版专业技术运用水平及其专业特色率指标

出版专业技术运用水平是指一个出版社的劳动力与管理要素、资金要素、自然资源等要素的彼此协调、有效开发利用的程度，它全面反映了生产、管理与服务的效果与效率，是一个出版社的出版能力、出版物质量水准、管理水平、职工素质等的综合反映。

生产成本是比较优势的核心与基础，生产成本的变化速度应成为衡量一个出版社动态比较优势的重要尺度。一个出版社专业技术运用水平越高，表明其在专业图书出版领域内越能以较少的劳动力和资金的耗费及占用，取得较多的经济收益，同时，这样的选题被剽窃、被复制的风险性就越小，而该社也可以围绕这个选题进行系列出版，该出版社的综合要素生产率就提高得越快，该出版社相对于其他出版社的比较成本优势就能较快、较明显地得到体现，进而占据体育图书出版结构中的有利位置。因此，出版社应该选择自己专业技术水平高的出版领域作为体育图书出版的切入点，这样能提高资金和劳动力的使用效果，有利于出版资源配置的优化。显然，专业技术水平应成为体育出版结构选择的一个重要指标依据。

出版专业特色是出版过程其专业技术水平的物质表现形式。出版社的专业特色主要表现为：（1）选题特色；（2）文字内容特色；（3）编辑、出版特色；（4）图书市场特色等。专业特色率指出版社在参与的出版活动在多大程度上保持其原有的出版特色。如北京体育大学出版社出版的《北京体育大学博士文丛》就具有体育高校出版社的特色，专业特色率可以说为100%；但其出版的电子琴、书法之类的图书，与其"体育出版"专业分工毫无关联，并不体现其出版专业技术水平及其专业特色，所以，这类图书出版的专业特色率为0%。

在每一家出版社成立之初，国家出版管理职能部门就规定了其出版分工范围，虽然在2003年国家新闻出版总署已经取消了出版社专业分工的规定，但出版社在多年的出版实践中已经形成了有别于其他出版社的出版文化和出版特色，而且在今后的发展过程还会根据市场情况，或保持原有的出版特色或形成新的出版特色。同时，虽然目前出版单位在社会主义市场经济体制条件下，可以根据市场规律出版读者需求的图书，但出于对出版单位品牌的建立以及如何使用有限的体育出版资源，为社会生产出更多优秀体育精神劳动成果、满足人民日益增长的对体育文化的需要的角度考虑，体育图书出版特色将会是体育专业出版社生存和发展的最根本的要素之一。出版单位只有既能体现原有的专业特色，又能与体育运动有机结合，这样的选题不仅容易进入体育图书市场，而且会引发新选题的出版，这样就容易在体育图书出版结构中占据主导地位。此外，还有可能吸引原有的部分读者进入体育图书市场，从而推动体育图书出版事业的发展。

因此，专业技术水平及其专业特色率指标能很好地衡量体育图书出版结构优化的可持续性。

（二）主要出版资源消耗产出率指标

专业技术水平及出版特色率指标综合反映了各出版单位使用本单位出版资源进行体育图书出版的能力，出版资源使用的效率及其变化，但根据经济效益原则与动态比较优势原则的要求，体育出版结构选择还必须考虑到该出版活动的主要出版资源消耗与使用的效益。

主要出版资源消耗产出率是指某个出版社直接消耗一单位出版资源与出版物在体育市场上产生多少单位的价值之比。出版资源主要包括人力资源消耗产出率、出版物质如印刷装订材料等消耗产出率及书号资源的消耗产出率等。

主要出版资源消耗产出率用公式表示为：

$$R_r = \frac{O}{I} \times 100\% \tag{9}$$

R_r表示主要出版资源消耗产出率；I表示出版社直接消耗的出版资源量价值；O是出版社直接消耗出版资源后的产出的价值。

单位主要出版资源消耗产出率越高，表明该出版社越能以较少的出版资源出版出较多的成果，也就是资源使用效益越高，在竞争中就越处于有利地位。出版社在自己出版分工范围内进行出版活动，直接体现出其专业技术上的优势，这种优势将带来明显的出版资源消耗产出率的提高，因此，其主要出版资源的消耗产出率往往高于出版非自己专业领域的图书，而且出版自己专业领域内的图书，不同出版类别图书之间主要出版资源消耗产出率往往也相差很大。因而在出版资源相对有限的情况下，出版资源消耗产出率较高的出版社其出版能力增长也就较容易，并有利于它对相关出版领域的试探性发展。因此，主要出版资源消耗产出率也应成为体育图书出版结构中品种选择的一个重要指标。可以说，它是对专业技术水平及其出版特色率指标的重要补充与发展。

在我国计划经济时期，出版资源、管理体制及自然资源的限制，制约了我国出版业的发展。虽然，现在已经进入社会主义市场经济，出版资源的配置得到了很大程度上的优化，但由于出版业仍然属于国家垄断行业，出版管理体制上还有计划经济时代的影子，出版资源在一定程度上仍然属于稀缺资源，而且一些出版社粗放式经营现象仍然存在，因此，在今后较长一段时间内，我国出版业还必须加快改革发展力度。尤其是我国放开出版社专业分工范围的规定后，一些出版社不顾长远发展，只顾眼前利益，图书市场上哪些书畅销，就马上跟风出版，这样不仅给我国的图书市场带来更混乱的局面，而且严重浪费国家宝贵的出版资源。因此，如何依据自己专业技术特点，以及主要出版资源消耗产出率来调整各自图书出版结构，不仅对本出版社的发展有着重大意义，而且对我国体育图书出版结构的优化亦有着重要意义。

此外，会有部分社会效益较好但需要较大投入并且费时费力的"全书"、"丛书"的出版，单从上述公式上看R_r值会显得很小，但实际上由于该出版物具有较大社会效益，在其出版过程会得到有关部门经济上、政策上的补偿或优惠，而且该成果也具有一定的经济效益，这些将在很大程度上抵消出版资源投入，从而R_r值得到提高。

同时，主要出版资源消耗产出率是发展变化的，因此，在考察分析主要出版资源消耗产出率时，也要以动态优势原则为指导，不应停留在某一个时点上。

四、体育图书出版结构的优化模式

体育图书出版结构的优化模式，是指在各影响因素的作用下，体育图书按一定比例组合所达到的最佳状态。

在开放的社会主义市场经济条件下，我国体育图书出版结构的优化模式应当是：各出版单位充分利用现有的专业技术基础和要素资源禀赋，利用国家大力加快我国新闻出版业和文化事业发展的大好形势，在政府宏观指导下实现出版资源的合理配置，遵照动态比较优势原则和经济效益原则，各出版单位将更多的熟练劳动和知识、技术要素更密集地凝结到所出版的体育图书中，扩大体育图书出版选题增长率高的体育图书的出版，发展并扩大具有高出版资源利用率的、更多专业技术和出版特色图书出版的数量和比重，并以这些体育图书为主导引发更多新选题的开发，以适应当代体育市场的新格局。通过优化体育图书出版结构，提高我国体育图书的理论深度和技术知识含量，增强体育图书的市场竞争能力，缓解和破除图书出版大环境"盘整"对体育图书出版事业发展的外部制约，逐步进入到良性竞争、健康、高速、可持续性发展的轨道中。

针对这一优化模式，应作几点简单说明：

第一，体育图书出版结构只有在打破出版壁垒，允许所有出版单位平等地参与出版的条件下，才能得到最优发展。目前，这一条件在政策层面上已经实现。但实际上，体育图书出版结构的优化演进过程，到目前的社会发展阶段，更多的是要求在出版观念上突破原来计划经济体制下的思维定式和小出版的狭隘视野，合理利用有限的出版资源配置和转换机制，加强出版信息的搜集筛选工作，利用多样化的出版方式方法，利用逐步开放的销售渠道，从不同层面和角度实现体育图书出版结构的调整、转换和优化。

第二，改善和优化体育图书出版结构的起点是选择知识、技术要素等密集且选题增长率指标高的体育图书品种作为我国体育图书出版结构的主体。现代出版的同质性已经使体育图书出版濒临"大崩溃"的边缘，现代出版理论强调对出版资源诸多要素进行成本和效率的综合比较考察，认为低成本、但低效率、重复性的选题不可能作为体育图书出版结构的主体要素内容。体育图书出版实践亦表明，在参与体育图书出版的诸多非体育专业出版社中，只有在充分发挥非体育专业出版社自身专业技术水平和出版特色比较优势体现比较明显时，在竞争中才能占据有利位置。对体育专业出版社来说，则必须逐步实现有理论深度的知识、技术密集型图书对以资源密集型体育出版的替代，才能在体育图书出版结构中保持引领地位，最终实现体育图书出版结构的调整和优化。

第三，体育图书出版结构的优化，是一个长期的动态历程。实现结构优化，目的在于打破外延扩张的粗放式发展的状态，获取在良好的体育图书品种增长基础上的和谐发展。的确，我国体育出版结构的优化过程也就是体育图书从以体育普及知识、资料性读物为主转向以理论、体育知识体系为主的图书的转变，从以计划经济时代的粗放式经营为主转向以体育出版资源合理配置为主的转变，即"两个转变"的过程。就体育图书出版结构现状而言，关键的问题在于实现从以计划经济时代的粗放式经营为主转向以体育出版资源合理配置为主的转变。

第四，从我国文化事业（图书出版事业）的层次和地位来看，体育图书出版结构既不属于宏观总量问题，又不完全等同于微观个量问题。它虽与这两者密切相关，但又是一个相对独立的中观问题。同时，作为包含各出版社出版结构内涵的这种体育图书出版结构，又是与图书出版的多年形成的分工范围有着密切相关，牵涉到各个出版社图书出版的比较优势、优化原则和发展战略等方面的内容。

第五章 体育图书出版选题研究

今天所处的社会是早已被信息包围的社会，知识的生产、分配与消费其实也就是精神产品的生产、分配与消费，以具有创新能力的人力资源为依托，以高新科技产业与智业的发展为支柱，将极大地改变社会产业结构和人们的生产、生活方式。这时人们愈来愈关注精神需求的满足。

社会的发展促使图书市场迅猛发展，年出版图书品种数以十万计，读者要求图书具有更高可识别性。而且在知识经济时代，社会要求人们终生学习，人们的知识更新加快，层次提高，读者需求变化频次加快。读者收入的提高，职业上的压力，以及图书品种的增多和图书买方市场的出现，促使读者对图书品质的要求提高。目前人们的认识能力和独立思考能力普遍提高，那种人云亦云、跟随大流的图书，由于缺乏鲜明特色，将难以满足读者知识消费需求。[1]读者的上述需求倾向给体育图书出版编辑策划带来了严峻挑战。这就要求出版工作者研究如何根据读者需求特征，找出相应对策。

第一节 体育图书出版选题内涵及功能

一、体育图书出版选题策划在体育图书出版业中的地位

当对"体育图书出版"以"作为选择体育运动的精神劳动成果（文字、图像作品等）的过程"这层含义进行研究时，研究对象则指向"选题"过程了。选题活动主要是一种编辑实践活动，"选题是出版的重中之重，是第一位的重要因素，它最能体现出编辑的创造性劳动，最能显

---

[1] 范绪泉.面向知识经济的选题策划 [J].出版科学,2001（2）

现编辑的功力和智慧"。[1]

现代读物的运作与过去的图书出版是不一样的，现代读物越来越突出的是策划的概念，它与媒体批评都是现代传媒的组成部分。现代读物的运作过程中，出版社成为主导单位，作者成为打工者，这与现代出版体制有关。坐等作者、作品上门的时代已经过去了（当然学术著作不在此列）。现代读物是可以通过包装、经营、宣传完成的，可由出版精英、知识精英、资产精英联手，制造适合当今文化环境的选题。韩愈讲"修辞明道"，说的是没有华采的文章是不足以让"修身齐家治国平天下"的道理传播久远。

出版选题的内容设定，对文化战略具有关键性影响。在特定的历史时期，特定选题内容，实际上就是特定出版物的文化走向。我国一向将出版工作纳入国家意识形态领域进行管理，对出版选题工作有着种种具体的规定，如对重大选题实行申报制度，从而保证出版工作成为国家文化战略的重要组成部分。"出版什么作品，不出版什么作品，是否有利于社会进步，是否有利于繁荣文化，决定权在我们出版行业，这是我们的责任，我们要把关"。[2]今日中国的出版界大力倡导出好书，出精品图书，正是激励图书编辑策划和组织真正有价值的选题，并以之重塑当代中国人的精神世界，引领先进文化的前进方向。

与报业、广播电视业和网络通讯业相比，体育图书出版业不具备广告经营的优势，与经管类图书出版相比较，体育图书更不具备读者上的优势，这使得体育图书出版单位必须把大部分力量都放在对体育图书出版选题资源的经营上，开发经营新的体育图书品种，扩大优质体育图书品种的市场份额，以获取最佳的社会效益和利润回报。而在从出版资本到出版效益的相互生成过程，就是体育图书出版资本、体育图书、体育图书出版市场和出版效益之间在市场条件下相互碰撞、融合、渗透、催生的过程。体育图书出版选题的策划和组织则是这互动过程的智慧结晶，是在出版经济文化一体化发展过程中，出版文化与出版经济高层次建构的需要。[3]体育图书出版选题策划在体育图书出版业中的关系如图5-1所示：

---

[1] 柳斌杰. 在改革开放中加强出版行政管理 [J]. 中国出版, 2002(12)

[2] 赵航. 选题论 [M]. 沈阳:辽宁教育出版社, 1998

[3] 闫现章. 试论中国当代出版理念与出版思想体系的建设和发展 [J]. 河南大学学报(社科版), 2001(5)

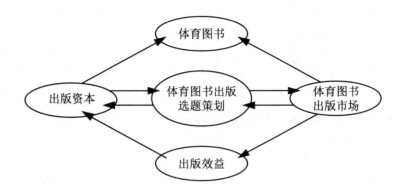

图5-1　体育图书出版选题策划在体育图书出版业中的关系

在图5-1中可知体育图书出版选题策划在体育图书出版业中居于核心地位。一方面，从出版资本到出版效益的循环互动中，需要出版策划来提供知识的智慧动力资源；另一方面，以选题为核心的高品质的出版策划又推动了出版资本与出版效益之间转化生成的高效化。如果将体育图书出版资本和出版市场以及体育图书比作产生出版效益的硬件的话，那么，体育图书出版策划就是产生出版效益的智力软件。

二、体育图书出版选题的内涵

（一）体育图书出版选题内涵历史演进的轨迹

选题从语词结构上看，是由一个动宾词组构成的专业词语，按字面意义解释，就是选一个题目。这种意义是单纯追求出版活动文化属性的产物，并与我国计划经济时期的出版现实密切相关。计划经济时期的体育图书出版单位主要是在诸多稿件或上级安排的稿件中选择合适的进行组织出版，所以这种工作确实是一种"选题"工作。

在今天，这种选题方式已经不是出版社的主导选题方式。随着我国改革开放的深入和市场经济体制的建立，出版社为了取得更大的社会效益和经济效益，必须根据市场需求和市场规律组织选题。由于在著作者的投稿中选一些稿件的做法已无法达到符合市场体制的要求，于是出版社相应就树立和强化了主动策划创造选题的意识，编辑按照一定的出版意图对各种可供出版的体育精神文化现象进行选择、策划、组织、加工和创新。

因此，虽然现在还沿用"选题"这个词语，但其内涵和外延随着时代的发展和出版业自身的变革而出现了新内容："选题"的本质已不单是"选择"，而扩涨到"创造"，"选题"从计划经济时代的静态的概念演进为市场经济体制下的复杂的动态概念，从编辑的主要工作内容是选择和加工来稿的"为他人做嫁衣裳"的被动状态演进为现在的主动创意策划上。换句话说，编辑现在所要做的已不单是为别人做嫁衣，而是决定由谁出场，何时出场，以何种方式出场，并使之成为读者大众所关注追求的对象。现代出版选题的重心在"选"，在"创新"。

体育图书出版"选题"经历着从计划经济时代的静态的概念到社会主义市场经济体制下的复杂的动态概念的历史演进。

然而，无论哪种选题方式，体育图书出版"选题"都必须按照一定的编辑方针进行，这种编辑方针既可以灌输某种政治的、文化的目标内容，又可以确定某种经济性的商业目标，从而构成出版社的总体选题计划。体育图书出版的选题计划和单个体育图书出版选题之间的关系是相互包涵与相互生成的关系，出版社的选题计划由一个个具体的选题组成，而一个个具体的选题能否被出版社列入选题计划，很重要的一点就看它们是否符合出版社确定的出版观念和编辑方针。没有一个个具体的选题，出版社的选题计划就无从实现；而没有选题计划，一个个具体的选题就群龙无首，不能形成规模效益和鲜明特色。

因此，现代体育图书出版选题从"出版社为准备编辑出版的图书或杂志文章所预先拟订的题目及内容要点"，"按一定的出版观念和编辑方针对出版社的全部选题进行的总体安排和整体部署"，"职业出版编辑为了完成某项特定的出版任务而主动进行的有意识、有目的的编辑策划活动"三个层面丰富上了"选题"的内涵。

（二）知识经济条件下，选题是优化体育知识的客观需求

出版是面向知识和思想的事情，而在知识经济时代，知识本身的"进化"和"优化"对出版选题的研究和开发提出了更高的要求。

随着信息、知识在数量上的不断增长，现代科技知识呈现出既高度分化又高度综合的明显趋势。在这两种趋势下，一方面学科不断分化，新兴学科如体育学等不断涌现；另一方面交叉学科、综合性边缘学科层出不穷，如体育新闻学、体育传播学等。信息、知识的迅猛发展对体育图书出版选题提出了新的要求，一方面要全面、客观、准确地反映体育

运动知识进化的全部内容和体育知识优化的复杂历程；另一方面也要实事求是地分析和判定体育知识的进化和优化对人类体育文化的发展所起的关键性作用。体育信息、知识通过自身的整合优化机制，也必将催生和产生与这个时代的知识成果相适配的、对人类体育文化产生重大影响的体育出版选题。

体育图书出版作为"以知识为基础的职业"之一，一方面在选题上要受到体育发展规律、体育运动知识扩展与传播逻辑的制约；另一方面，体育图书出版选题作为生产、传播和扩展体育运动知识的中介之一，又有着自己的运思逻辑，即"获得、操纵、组织和传播关于知识的知识"的逻辑。根据知识的共享性原理，体育知识必须通过传播的途径进行有效的扩展才能实现其功能，在这种情况下，体育运动知识的传播、扩展逻辑与体育图书出版选题的运思逻辑必须达到某种内在的平衡。在当今，体育图书出版选题人所要做的就是以一种智慧化的"头脑"管理好这些体育运动知识，而这种管理除了发挥主动性进行优选、优化之外，不会有其他更有效的办法。

体育知识的出版经历的是一条充满风险与睿智的人工选择之路，是体育图书出版人对体育图书出版选题所进行的合乎人性需求、合乎体育运动内在精神的选择，而且在其本性上是有助于挖掘人的生命内涵、提升人的生存质量、优化人的生存境界的。人类体育知识的发展进化与体育图书出版选题的优化无不经过体育图书出版人的智慧的选择，而且也只有经过这种智慧化的选择，人类的体育知识才能够生生不息，薪火相传。

（三）体育图书出版选题是体育信息有序化的本质反映

信息是对客观世界中各种事物的变化和特征的反映，是客观事物之间相互作用和联系的表征以及经过传播后的再现。但是，信息本身是自给自足的，即是说信息本身是零散的，是无头脑、无秩序、没有行动能力的[1]，而信息社会从本质上又要求信息的条理化和秩序化，只有必须赋予信息以观念和思想，使其成为有头脑、有条理、有秩序的信息——知识，才能实现信息的价值。因此，"今天我们所面对的最大挑战之一就是把信息转化为知识。"[2]体育图书出版编辑的职业选题活动，就是

---

[1] ［加］尼科斯特尔.知识社会［M］.上海:上海译文出版社,1998
[2] 李京文.知识经济与决策科学［M］.北京:社会科学文献出版社,2002

通过对体育文化发展起有益推动信息的筛选和对阻碍体育运动发展有害信息进行删除，将那些本来无序的符号信息导入有序的文化价值系统中，使其成为对继承和发展人类体育运动有用的知识体系的一部分。

加拿大传播学家马歇尔·麦克卢汉曾提出一个著名的观点："媒介即是信息"。出版传媒在悠久的历史中对信息的处理方式形成了自身独特的选题方式。体育图书出版选题的策划与组织不是对原有体育文化信息的简单排列组合，而是以一种全新的眼光来看待它和组织它，是对广博浩瀚的信息世界进行梳理、选择和加工的过程，体育图书出版选题本身就是对体育知识与体育精神、思想世界的追寻、提炼和铸造过程，这是一个体育文化价值增值过程，这也正是体育图书作为信息、知识载体的突出特征。

现代体育图书出版选题所涉及的文化领域之广、学科门类之多、知识层次之复杂、读者需求量之大都是前所未有的。因此，谁能在当前浩瀚的、变动不拘的信息世界中捕捉住一些体育文化发展的关键部分，记住一些有益的部分，谁就能为这个时代的体育事业做出自己的成就。

（四）体育图书出版选题是一种遴选体育信息的决策过程

选题重点在"选"，是选题策划从方案阶段向实施阶段转化的中介和桥梁，是对选题项目进行综合判断和最后把关的决定性过程。

如同经济领域的一切重大项目的决策应走科学化决策道路一样，体育图书出版活动中的选题过程也应是一种科学化决策。这不仅是新时期出版业发展的客观要求，也是科学发展观的具体体现。

从哲学意义上讲，体育图书出版选题就是作为主体的体育图书出版人对作为对象的选题做出选择和决定的过程，是体育选题决策人在一定理想与意志的支配下，为达到体育图书出版目的，而进行的出版实践活动的一部分。在这里，起关键作用的是体育图书出版人的理想与意志。体育图书出版人在自己主观意志的支配下进行体育图书出版活动，通过自己的体育图书出版活动，驾驭和控制体育图书出版选题的品种、数量和规模变化。但要想达到这种主观意志能自由驾驭和控制体育图书出版的能力，必须加深对体育图书出版选题与体育运动文化发展内在规律的认识。所以，体育图书的选题实质就是体育图书出版选题决策人的主观意志见之于具体体育图书出版选题实践的决定能力，是体育图书出版选题决策人，在对体育图书出版选题与人类文化发展的内在规律进行充分认识之后，而对出版选题的现状与未来走向进行驾驭的能力。

选题决策虽然事小，却是关乎文化建设与出版社效益的大问题。因此，体育图书出版选题要坚持从客观实际出发，对体育图书出版决策人 的主观意志和能力所能达到的决策范围的选题问题进行决策，而对超出决策人主观意志和能力范围的选题问题，则寻求其他合适途径进行决策。

三、体育图书出版选题策划的功能

（一）体育图书出版选题对市场逻辑的超越功能

人类出版史已经表明，出版选题对人类文化的选择遵循的是文化自身的发展规律，无论是古代还是现代，当民间文化、主流文化、精英文化和大众文化以出版选题的方式被开发、被生产、被消费、被接受时，那凝聚在选题中的将不再仅仅是某一种文化形态或文化类型，而是一种与出版连为一体的出版精神和出版文化。出版文化自身具有强大的超越功能，它对市场逻辑的某些缺陷和失灵具有纠正作用。

体育图书出版文化对市场逻辑的超越功能主要表现为三个方面：

其一，体育图书出版文化是以符合人性发展的价值理念为导向的，而不是以利润为导向的。

市场逻辑以利润最大化为内在追求动力。这种假设下，任何体育图书出版选题都要放到利润的天平上进行衡量，这虽然与市场体制下的出版产业发展的要求并不背离，但市场带来的局限性却无法由市场本身去克服。

出版文化是一种功能性文化，它的基本功能就是维护人类文化的连续性和进步性，当它的基本功能与其他功能发生矛盾的时候，它的基本功能会最终发挥一种决定性作用。当然，这种决定性作用是从人类文化发展的全局性意义上进行界定的。体育图书出版选题对体育文化的选择本质上是一种价值选择，这种价值选择可能会因社会的动荡而发生局部性或暂时性的迷惘，但从长远的观点看，却是向着最符合人性发展的方向前进，它最终将受到价值选择的决定性影响。这一点，正如美国出版家小赫伯特·S·贝利强调：图书出版商，即使他们想回避，也回避不了图书应担负的社会使命，回避不了他们既是出版商又是公民的形象，回避不了人们对他们作为悠久而光荣的传统的参与者的期望。任何出版领域中有水平的编辑必须关心图书的风格和内容，他们是不会满足于把利润作为衡量他的才能的唯一标准的。[1]

其二，体育图书出版选题的开发是以体育文化建设为本位的，而不是以商业利益为本位的。

我国近现代出版业的开拓者张元济在进入商务印书馆之初就说："吾辈当以扶助教育为己任。"商务印书馆之所以有今天的声誉，是与以"扶助教育"为出版本位有关的。人民出版家邹韬奋曾举例说："我们这一群的工作者所共同努力的是进步的文化事业，所谓进步的文化事业是要能够适应进步时代的需要，是要推动国家民族走上进步的大道。我们在上海的时候，就力避'鸳鸯蝴蝶派'的颓唐作风，而努力于引人向上的精神食粮；在抗战建国的伟大时代中，我们也力避破坏团结的作风，而努力于巩固团结、坚持抗战及积极建设的文化成果。"[2]即是说，体育图书出版选题的文化选择是以人类的先进文明为指导，以体育文化建设为本位。

其三，从根本上说，体育图书出版选题的文化选择与市场逻辑的关系不是对立的，而是兼容的。

一方面，市场条件下的体育图书出版选题策划要考虑到市场的需求；另一方面，这种市场需求又是以各种体育文化元素为其基本内涵的。当市场逻辑成为金钱观念的"看门狗"而拒绝真正有价值的体育图书出版选题时，体育出版文化就会运行其超越机制，从文化传播的内在规律出发，瓦解市场逻辑的负面作用。当然，出版文化对市场逻辑的超越是在肯定了体育图书出版选题的正面价值即社会效益基础上的超越，是对优秀体育图书出版选题所存在的低市场效益的超越。这种超越性品质所显示的正是体育出版文化的内核与灵魂。

（二）体育图书出版选题的文化价值选择功能

表面上看，"出版业起着思想看门人的作用，他们决定让什么进来，又让什么出去"[3]，但在深层次上，作为一种动态概念的出版选

---

[1] 小赫伯特·S·贝利.图书出版的艺术和科学 [M].北京:中国书籍出版社,1995

[2] 邹韬奋.事业管理与职业修养生活史话 [M].北京:生活·读书·新知三联书店,1998

[3] 刘易斯·科塞.图书:出版文化与出版商业作家箴言录 [M].海口:海南出版社,2002

题，归根到底是一种文化选择。

体育图书出版选题孕生于文化母体，人类文化以及体育文化发展与进步对体育图书出版人的选题活动起着指向作用。体育图书出版选题人与文化母体之间的关系是建立在体育图书出版价值选择基础上的文化选择关系。人类出版文化史上所存留的任何出版文本，其作为选题之初出现时，无不与作者以及编选者的价值观与价值选择有着密不可分的联系。

在人类文化学看来，人的存在和人的生存方式，其实就是人的文化选择。体育也是人类的一种生活生存方式，也是人的一种体育文化选择。所谓文化选择，就是人在对象性关系体系的逻辑基础上，根据内在与外在的现实的生态条件，对自己的生存方式所作的选择。[1]人的文化选择内在地贯通着人的价值原则与价值尺度。马克思说："价值"这个普遍的概念是从人们对待满足他们需要的外界物的关系中产生的。[2]因此，所谓价值，不过是客体满足主体需求的意义状态。这种意义状态，在一般情况下被认为是利益的好坏状态，"好"即为正价值，"坏"即为负价值。人的生存选择必然遵循趋益避害的进化机制，必须将择善弃恶放在首位。趋益避害体现着文化选择的"应然律"，其任务在于弄清人需要什么，对象物有什么用处，怎样满足人的需要等问题；趋益在于利用客体对象物满足人的生理和心理需求，人类的文化主旨在于趋益。[3]所以，人的文化选择说到底还是一种价值选择。"文化概念是一个价值概念。"[4]离开了价值选择，文化选择就失去了意义和指向。

人的文化世界是一个无比深邃、无比广阔的意义的海洋。在广义上，文化可以涵盖包括物质文化、制度行为文化和精神文化在内的一切文明成果；在狭义上，文化则专指观念形态的文化，诸如人的思想、意识、情感、意志、知识、信仰等精神活动及其成果。体育运动作为人类生存的方式，其本质是一种文化。而不论是广义形态的文化，还是狭义形态的文化，体育运动如果想以出版物的形式将自身固存下来，就必须通过体育图书出版价值选择的机制。所谓体育图书出版价值选择，简单地说就是符合体育图书出版人利益要求的意义选择。而体育图书出版价值选择机制，是体育专业出版人在长期的体育图书出版活动中形成的判

---

[1] 萧扬,胡志明.文化学导论[M].石家庄:河北教育出版社,1989

[2] 马克思,恩格斯.马克思恩格斯全集(第19卷)[M].北京:人民出版社,1963

[3] 任遂虎.论价值的比较选择[J].西北师范大学学报(社科版),1997(6)

[4] 马克思·韦伯.社会科学方法论[M].北京:中国人民大学出版社,1992

断体育图书出版选题价值优劣的机制。

从人文科学的视野看，体育图书出版选题就是对人类体育运动文化灵魂的寻求。人类体育运动文化的一切形态都可以进入体育图书出版选题人选题活动的范围，但毫不例外都必须通过精神文化的层面，经过选题人的价值选择和价值评判才可以进入选题人的选题世界。因此，也可以说，体育图书出版人的选题活动主要是一种精神活动，或者说是以精神为本体，以建构人的精神生活、精神生产、精神消费、精神家园为目的的体育文化选择活动。这种体育图书出版选题活动以出版实践为中介，使得人类体育精神"以物化形式积累传承，以物质媒介传播，外化为种种物态形式和机制，形成的不断演化的知识体系，形成左右文化走向的尺度，并在社会机制中不断同化，形成共同的价值尺度，具有了客观实在性"。[1]体育图书出版人就是以己特有的体育图书出版选题活动构造起一座座人类体育运动精神文化的大厦。

诚然，一般的非体育专业出版人在长期的生活实践和学习活动中，对体育图书出版选题的好坏也会形成自己的一些看法，但体育专业出版人对体育专业出版选题的价值判断和价值选择与非体育专业出版人相比，则具有全面性、系统性、规范性的特点，因为体育专业出版人对出版选题价值判断的形成不仅仅体现着他自身的主观的价值理想、价值判断、价值评价以及他所属的出版组织的出版理念与出版要求，而且还积淀着人类出版活动历史久远的价值选择规律和价值判断准则。也可以这样说，只有当体育专业出版人在体育图书出版选题过程中运用价值选择机制对文化母体进行价值判断的时候，这时的文化选择才成为一种趋向于创构出版选题的价值选择，这时的价值选择才成为一种面向体育图书出版选题的文化选择；只有当体育文化信息被体育专业出版人以一定的价值原则选定为体育图书出版选题时，这时的体育文化信息才成为具有出版条件的文化知识信息，这时的体育图书出版选题才成为具有特定价值意义的体育图书出版选题。

在体育图书出版选题活动中，体育图书出版选题人的文化选择不是一般意义上的体育文化选择，而是建立在体育图书出版价值选择基础上的文化选择。

---

[1] 杨岚，张维真.中国当代人文精神的建构［M］.北京:人民出版社,2002

（三）体育图书出版选题模式

选题是知识经济条件下的一种高智力创造思维活动，是思维智慧的结晶。虽然近些年来，随着我国出版管理体制的转变，社会上出现了一些以文化策划机构的形式策划出版选题的组织结构，但是，在我国现有的出版条件与出版制度下，体育图书出版选题的主体仍然是以出版社编辑为核心的群体形成的传统的"三级策划制"的选题组织结构。

所谓"三级策划制"，就是由出版社的总编或社长、编辑部主任、编辑对某一选题或出版社的总体选题规划进行三个不同层次把关的出版准入制度，如图5-2所示。[1]这一制度是从出版社选题决策的"三级论证制"转化而来的，即首先由编辑对来稿或编辑个人提出选题方案，然后由编辑部主任审核批准并上报总编，再经出版社选题论证大会论证，最后由社长或总编辑决策。这种传统的自下而上的选题报批制度，虽然还留有计划经济时期的某些特征，但主要目的是通过层层把关，把能体现双效选题选出来。

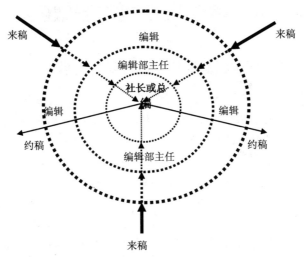

图5-2　体育图书出版选题的双向"三级策划制"模式

在传播学中，选题人被称为"守门人"或"把关人"，根据这种理

---

[1] 苗遂奇.现代出版选题学引论［M］.苏州:苏州大学出版社,2005

论，参与出版文化传播的出版人都不可避免地要以各种标准对他所要传送的信息、知识和思想进行筛选与过滤，从而将不符合时代和社会要求的选题淘汰掉。传播学的集大成者施拉姆认为，在信息网络中到处都有把关人，比如出版编辑，"他们确定哪些作家的作品应该出版，他们的原稿中有哪些部分应该删除"，[1]将真、善、美的东西传播给读者，将假、丑、恶的东西拒绝在出版大门之外，最终达到"美而传"、"传而通"的和谐境界。"把关人"理论作为对文化及信息传播的一种控制理论，实际上已潜移默化地渗透到出版选题人的内在世界中了。

当体育图书出版选题的内涵随着时代发展演变，这种传统的选题"三级策划制"也随之发生变化。在市场条件下，体育图书出版选题策划不仅仅是编辑的职责，而是从总编辑到编辑室主任又到编辑个人自上而下选题运作形式。因此，在社会主义市场经济条件下，传统的选题"三级策划制"从较多的发生自下而上单向型模式向现代的自下而上和自上而下并存的双向"三级策划"模式。

第二节　体育图书出版选题资源开发研究

一、体育图书出版选题资源与体育资源的关系

体育资源，是指一个社会用于体育活动，以扩大参与体育活动的人口和提高竞技运动水平在物资、资本、人力、时间和信息等方面的投入。体育资源是发展体育的物质凭借。[2]

体育图书出版是选择针对体育运动的精神劳动成果，利用纸质载体进行复制以有利于传播的行为，而实现体育图书的出版活动的生产资料或生活资料，就是体育出版资源，同样包括物资、资本、人力、时间和信息等方面的投入。

体育图书出版选题资源则是作为能够成为体育出版物知识内容的来源。出版物的知识内容是社会文化的反映，它既来源于社会文化，又要反映社会文化。所以，出版选题资源又可称之为社会文化资源。凡能反

---

[1] 威尔伯·施拉姆，威廉·波特. 传播学概论 [M]. 北京:新华出版社,1984

[2] 任海. 论体育资源配置模式——社会经济条件变革下的中国体育改革（一）[J]. 天津体育学院学报,2001(6)

映"体育"这样一种社会文化存在的精神与物质,都可成为体育出版物选题内容的来源。

有些体育资源、体育出版资源可以成为体育图书出版选题资源,如人力资源、信息资源等;有些物质资源则不能,如资金、设施、余暇时间等。因此,体育资源、体育出版资源能够为体育图书出版选题提供丰富的资源和物质保障,又与体育图书出版分属各自不同的研究领域。

二、体育图书出版选题与知识分类关系

根据世界经济合作与发展组织的划分,人类迄今创造的知识可以分为四类:知道是什么的知识(know what),即事实知识;知道为什么的知识(know why),即原理知识;知道怎样做的知识(know how),即技能知识;知道是谁的知识(know who),即人力知识。现代科学体系一般又将知识分为自然科学、社会科学、人文科学三大类。知识类型的划分实际上也是对出版选题类型的划分。体育知识属于事实知识和技能知识。

体育知识体系中结合信息的内容和特点可分为层次不等的知识,如表5-1所示,每一个层面的知识都面对着不同的受众。由于知识构成的层次不同,表述知识的符号也截然不同。在此,笔者将体育知识分成体育入门知识、体育背景知识、体育核心知识、体育应用知识和体育前沿知识五部分,相对应的有五个层面的传播,也就是说有五个层面的知识传播符号系统。其中,每一个层面都有自己的独特市场和受众,知识产品的表现形式也大不相同。前沿层面之间的传播更多地采用学者们约定俗成的专业名词和表达方式,他们之间的交流省略了背景知识的交代和入门知识的铺垫,直接进入主题,简洁、明快、准确;面向大众的传播则要尽量多用通俗性的称谓,尽量交代专业的背景和情境,把专业知识同受众已经了解的普通知识结合起来,以身边的案例为引子,形象具体地传播专业的知识。

表5-1 体育图书出版传播的内容特征及其受众与定位

横向传播层次	传播特征	受众层次
入门知识传播	采用通俗易懂的语言表达方式讲述深奥的体育问题	非体育专业人士和专业人士均可
背景知识传播	介绍体育发展史、体育理论体系、体育精神实质,深入浅出地反映体育的基本面貌	各个层次的想了解其人其理论的人

横向传播层次	传播特征	受众层次
核心知识传播	遵循"概念—基本理论—延伸理论—应用案例"的教学模式，展开学科的核心理论；三者各有特点又形成互补，构成完整的体育学框架	理论初学者、体育界人士和欲深入了解体育学术的人
应用知识传播	体育学基础理论的基础上更加侧重案例提供和应用方面	体育界中学理论应用知识的人
前沿知识传播	体育界最新理论、科技研究成果，体育科学及学科发展的程度	体育学术理论领域内人士

对知识的分类是为了从本质上认识某一选题对出版活动的意义，对图书的分类也是以便于图书出版选题的决策和生产。图书类型与选题类型有着一致性：一方面，图书类型作为出版实践所客观形成分类形态，对选题分类有着不可言喻的指导意义；另一方面，出版选题得以出版后必然从属于图书的某一类型，以便于人们认识和阅读。选题分类的直接目的是为了出版，为了将选题策划人的主观意图和设想以出版物的形式展示出来。

三、体育图书出版选题资源分类

体育本来就是在自然中通过客观环境改造自己的、主客体一致的活动。随着人类文明的不断进步，对人自身认识能力的加强，对体育内涵理解的提升，体育图书出版选题资源日益丰富繁荣起来。此外，现代体育还有自己的特点，这对体育图书出版选题策划有直接的显示指导意义。体育图书出版选题资源，主要可以分为以下几类：

（一）文化资源

"体育"作为人对自己身体和精神的有目的的、有意识的培育或改造活动，是人类特有的、能动地适应环境的一套生活方式，具有深刻的文化内涵。我国是文化底蕴深厚的文明古国。在民间中发展如火如荼的社会大众体育如信鸽、放风筝、龙舟、舞龙舞狮等等，通过各种传统化的民间文化方式，包括传统礼俗、传说、宗教、仪式等加以强化，使之具有很强的民族特色，包含了极为丰富的东方文明内涵。

竞技体育从西方传入后，不仅是带来新的身体活动形式，而且带来了西方的物质文明，其中也有不少是值得借鉴的。同时它在传入中国后，受中华优秀传统文化的滋润，东西方文化交融使现代体育表现出更强的活力与创造性。特别是围绕着竞技体育，一批新的理论、学科如运动生理学、运动训练学、体育人文社会学、体育新闻学等等如雨后春笋，使人类文明又多了一丛奇葩。

因此，除了丰富的本土文化资源，还有取之不竭的世界性文化资源，它们与体育的结合自然成为了非常重要的出版资源。

（二）有中国特色的"体育人"资源

中国是一个重教化的民族，传媒在特定的政治背景下也十分重视舆论导向和对受众精神的引导，教育说服功能历来是中国传媒的一大主要功能。中国受众在长期的集中化的政治舆论熏陶下，也习惯于从传媒中获得教育。图书出版的社会效益第一以及作为党和政府政治性宣传的功能，是中国的出版工作最为明显的特征。

在中国近现代体育事业的发展过程中不断涌现出一批批可歌可泣的体育人物，如霍元甲、张伯苓、中国女排、许海峰、何振梁等。他们为中国的体育事业做出了历史性的贡献，展现了一代民族精神，并激励着一代代体育人乃至全民族为中国的复兴奋斗不息。

随着中国综合势力的增强，中国竞技体育在国际体育舞台上已经占领了举足轻重的地位。各个岗位上都涌现出为中国体育事业呕心沥血的体育人，他们的成长经历，他们的奋斗历程，他们为体育事业发展的献身精神，他们对现代体育的理解等，都能给成长中的年轻人们予很大激励，如果出版者能在出版形式上结合各种体育迷的口味，那么"体育人物"可以成为很好的、很有中国特色的出版选题素材。关于姚明的成长、成功的图书一时间成为球迷的抢手品、珍藏品，这就是一个很好的例子。

（三）体育运动表现形式资源

表现形式是文化内涵的外化，它们从不同的角度反映事物的本质。因此事物的本质外在表现形式具有多样性，这世界才变得丰富多彩。现代体育在文化内涵上较传统文化更多的是偏向于流行文化。这就决定了现代体育喜欢追求新颖的特点，这体现在它的表现形式上的创造性、多样化。沙壶球、蹦床，在几年前闻所未闻；轮滑、攀岩、蹦极，这些极限运动近几年异军突起；三人篮球赛，五人足球赛方兴未艾……这些新生的事物更让人应接不暇。

社会大众体育在表现形式上具有民族特色，而竞技体育则具有世界趋同性。即使同一种运动表现形式，由于人们想达到的目标的不同，在表现形式上、游戏规则上等诸多方面也需要区别对待。这种表现形式上千变万化，反映在选题策划上，就要求选题策划者具有开阔的视角、为我所用的思路。但目前在我国体育图书出版选题中，这方面的图书出版比例太少。

（四）现实的社会生活实践资源

当然，体育的文化内涵和它外化的表现形式，一定是具体地融化在现实生活实践中，因此就形成了以反映现实社会生活实践为主题的作品所构成的体育出版物选题来源。与历史文化资源相比较，反映活生生的现实文化生活的各种作品，一般都具有原创性，这就决定了现实的社会文化资源更是出版物生产中需要重点开发的选题资源。

现实的社会文化生活中，许多方面都可以形成出版选题资源，如科研成果；社会文化生活，风土人情；国家近期对体育事业的政策、发展战略的调整等；社会热点，如兴奋剂问题、球迷骚乱问题、体育俱乐部建设、中国足球改革浪潮等等。在知识信息社会日益临近，以及人们的生活节奏不断加快的时代里，反映这些现实社会文化的选题，无疑会成为体育出版界选题开发的重点方向。

（五）国际出版资源

国际出版资源是由以反映世界各国社会文化为主题的作品所构成的出版物选题来源。世界各国图书每年仅出版的新书即达近100万种，其中有不少是体育出版物或与体育有直接关系的出版物。2002年5月，笔者在北京展览馆举行的国际图书博览会日本展台上发现，由125家出版社联合推出的可供图书目录中就包括了19个项目（辞典，资料、报告，一般健康科学知识，健康，保健，福利，体育学，奥林匹克和奥运会，陆上竞技，海上竞技，体操，球类，格斗术，户外运动，登山，舞蹈，冬季项目，射箭、棒球、马术，休息娱乐等），近3400种图书，而且绝大部分是专业性、学术性、研究性、理论性的著作，并没有传记、文艺方面的图书。有许多是值得国内出版业界借鉴的。

这些图书真实地反映了世界各国社会文化发展的基本面貌。在我国出版物的生产中，不仅可以直接从国外购买有关图书的版权，而且可以从国外出版物所提供的知识信息中，根据中国的国情提炼出有价值的选题。这种方式也同样适合于体育图书出版选题的开发。所以，世界各国出版的大量图书，是一个我国体育出版业值得挖掘的重要选题资源。

（六）关联资源

自20世纪后半叶以来，以信息革命时代或后工业时代为背景，在传统的教育事业和健康事业的基础上，一个以观赏性职业竞技和参与性大众健身为中心的，包括金融证券、产业经营、产品销售、媒体传播等在内的巨大产业体系——现代体育运动逐渐形成并繁荣起来。

从这种意义上讲，所有与这产业体系关联的资源都可以作为体育图书出版资源。因此，以介绍体育产业的有关知识内容为核心而形成的各种出版物选题，也就成为了体育图书出版的一个独特资源。

在调查中也发现，有不少出版社既能根据自己的出版特点又能与体育有机结合进行出版，比如，法律出版社出版的《中华人民共和国体育法》，北京科技出版社出版的《科技奥运》，还有如《体育市场营销学》、《体育新闻学》、《体育赛事融资》等，这样的出版既丰富了我国体育类的图书品种，又体现了其出版社的特色，可以说是一种创新。

四、衡量体育图书出版选题开发科学性的具体指标

明确了我国体育图书出版结构是由体育图书出版的绝对成本、相对优势以及人力资本等因素决定的，在动态比较优势和经济效益两项基本原则的指导下，根据我国经济的具体特点，可以制定出选题增长率和产业联带发展效应指标等具体指标，从不同层次和角度作为衡量体育出版选题是否合理、科学的依据。

（一）体育图书出版选题增长率指标

体育图书出版选题增长率即体育图书出版选题的增长速度。用公式表示为：

$$R_t = \frac{T_i - T_0}{T_0} \times 100\% \qquad i=1, 2, 3, \cdots n \qquad (10)$$

R_t为体育图书出版选题增长率；T_i为计算时期选题品种数；T_0为基期选题品种数。R_t值越大则表明体育图书出版选题增长率越大。

不同类别其选题增长率不尽相同，不同选题增长率可以表明不同类别或品种的潜在市场容量；只有选题增长快的类别才能使该类别得以较快发展，才有可能扩大它在市场上的份额，提高在出版结构中的比重，并引导其他产业的发展。因而，选题增长率高的类别往往能代表出版结构变动的主要方向。

按增长率比照对象不同，体育图书出版选题增长率可分为整个体育图书出版工作的选题增长率和各个出版社内部的体育图书出版选题增长率。由于体育图书的出版是以我国的体育图书市场为导向，因而我国的体育图书出版工作的选题增长率应成为各出版社体育图书出版选择的主要依据。我国的体育图书出版工作选题增长率高意味着图书市场潜在容量大，该图书就有可能较快地取得比较优势，顺利进入我国体育图书市场，取得较高的经济效益。但是，各出版社的体育选题增长快慢也会对一个我国体育图书出版结构产生直接或间接的影响。如果一个出版社的非体育类别的选题增长相对快于体育类别，那么根据比较优势原理，该出版社的体育类别的图书出版工作相对来说就比较容易受到非体育类别选题的强劲需求的牵制，难以进入我国体育图书市场参与竞争。反之，该体育图书的出版就会得到比较顺利地发展。因此，体育出版结构的选择主要应依据我国体育图书市场体育图书出版选题增长的情况，但各出版社内部选题变化情况亦应结合考虑。

（二）选题联带发展效应指标

一个出版社的出版活动通过图书市场的相互联系的波及效果，必然影响其他出版社的出版活动（此处暂时不考虑出版活动对其他行业如影视业等的影响），同时它本身也会受到其他出版社出版活动的影响。选题联带发展效应就是指某个体育图书出版选题的出版对其他出版社出版活动的影响以及自身受到影响的程度。根据影响主体与客体的不同，可以将选题联带发展效应，区分为前向联带发展效应与后向联带发展效应。

前向联带发展效应是指一个出版社的体育图书出版活动受其他出版社与此选题相关的体育图书出版活动的引发、带动作用，它反映了原创出版社与受影响出版社之间的相互联带发展程度，表明了该出版社受原创出版社的影响大小或推动作用的程度。一个出版社的出版活动的前向联带发展效应越大，意味着该出版社的出版活动就越容易受到其他出版活动的影响。后向联带发展效应则指出版社的选题作为原创对其他出版社相关选题开发及出版活动的引导、启发。一个出版社的后向联带发展效应越高，表明该出版社的出版活动对其他出版社的出版活动的引导与带动作用也就越大。

不论一个出版社的前向还是后向联带发展效应较高，都说明该社与其他出版社的联带发展度较强，它对其他出版社选题开发的引导或受引发的作用也就较大。当该出版社专业技术水平较高，出版特色也较明显，但缺乏好的选题时，如果提高其前向联带发展效应则会弥补选题原创能力的不足而开发出好的甚至更好的选题回应在图书出版结构中。如果该出版社的后向联带发展效应较高，则应该积极主动利用自己的专业技术和出版特色开发新选题，带动其他出版社一起丰富体育图书市场，同时也可以优化体育图书出版结构。

同样，选题联带发展效应指标并非静止不变；它随着图书出版环境变化而不断地变动。因此，出版社选择体育图书出版选题时不应满足于以眼前的、一时的后向联带发展效应大小为主要依据，当然也不应该只停留在只有前向联带发展效应，而应以发展的、未来的带动效应指标作为标准依据。

五、体育图书出版选题资源的开发

开发选题资源的过程就是根据一定的市场需要按特定的选题策划思路，对分散、零碎、显现或潜藏的信息资源进行整合，使这些信息资源在重组中产生新的信息意义、文化传播、价值积累的过程，是一种精神生产活动。

不同媒体在受众分析、选题策划等方面有着某些相通之处，出版企业结合其他媒体开发选题，既有稳定的市场，又可以减少选题策划的费用，节约生产成本。

（一）直接利用优秀报纸、期刊媒体的资讯

成功的报纸和期刊市场策划往往十分出色、信息量丰富、文稿质量较高。报纸、期刊都是连续出版物，因而能成为源源不断的选题资源。

而且，它们常常与许多专家、学者、优秀的作家有着较为紧密的联系。此外，优秀报纸、期刊媒体已经培育出忠实读者队伍。这就为相关图书的出版奠定了作者和读者群众队伍，反过来能刺激体育图书的出版。出版者可以通过这些优秀的报刊，发现当时的社会热点、焦点问题，并大致掌握市场情况，这就容易形成较为成熟、成功的选题。如人民体育出版社出版的《我国体育社会科学研究状况与发展趋势》、《体育产业现状趋势与对策》等。

但报刊尤其是报纸信息量太大，内容主题分散，这就需要出版者有足够的耐心以及敏锐的发现选题的能力。

（二）从优秀的电影、电视节目中开发选题资源

电影和电视传播的是声音、图像信息，相对于印刷媒体来说，直观性更强，表现力也大大超过印刷媒体。将一些优秀节目特别是故事情节吸引人、语言表现力强的节目印刷成书出版，就可以弥补电影电视节目即时性、不能由观众自由控制节目进度、不能反复欣赏等不足。体育的最基本功能就是娱乐与健身，体育项目、运动娱乐休闲等本来要诉诸视觉形象的。因此，如何将体育的动感通过印刷品表现出来，优秀的电影、电视节目则是很好的借鉴。

功夫电影《少林寺》、《醉拳》曾风靡一时，在电影热播期间《少林寺》的影印本连环画、《醉拳》的套路自学读本立刻成为畅销书，获得了良好的经济效益和社会效益。这是从优秀的电影、电视节目中开发选题资源的成功例子，但近几年这种资源的开发很少。

（三）利用网络媒体

现在高新技术、信息技术等相关技术形成的多介质、多媒体出版物、网络以及配套技术、服务逐渐成熟，使得利用网络媒体开发选题资源成为可能。首先可以直接从网络传播内容上取材。因特网上有众多的论坛、BBS等，给广大网民提供了一个门槛极低的发表空间。虽然网上原创作品形形色色，良莠不齐，但不乏优秀作品。网络是卧虎藏龙之地，隐藏着大量优秀创作者。其次可以利用网络征集选题。这是一种开发选题的新形式，开展网上征集选题活动，利用网络进行市场调查、选题论证。但目前因特网上关于体育的众多的论坛、BBS，偏重于对体育热点新闻的讨论以及体育政策、法规的宣传，这就需要选题策划者具有

很高的素质，独具慧眼，能在大量的素材中淘出所需要的东西。

（四）对同一选题资源做不同角度、不同深度的开发

选题资源存在于社会实践中，每一项实践活动都包含许多信息，事物的不同方面包含不同的内容和特点，所以即使同一选题资源也可以开发出众多不同的选题。而且，选题资源本质上是一种信息资源，主要以精神形态存在，它不会一次耗尽，而是具有可再生性，可以多次利用。

由于体育图书读者群的阅读能力、知识水平、精神需求目标等的差异，读者需求呈现出明显的层次性。出版单位需要确定本社图书的层次结构、确定大众普及读物、中等难度读物、专著的比例，也可以只针对一个目标市场，专门出版某个层次的图书。

目前关于体育图书出版资源的二次开发有四种基本方法：（1）扩展法，在原有图书基础上加以扩展，进行修订，加入新的内容，删除已经过时的、不妥当的内容，出第2版或新1版成为新选题。（2）切割法，将一种大型或特大型的图书，按照学科、类别、读者群等的不同，从一种图书衍生出数种甚至数十种新的品种、变形法。（3）变形法，就是改变一种形式出版，一是版式的变化，二是载体的变化。（4）要素进行重组法，即在一定的策划思路下，将一些看似不相干的出版资源要素（包括书名、作者、读者对象、基本内容、表现形式等）聚合在一起，进行重新组合，形成新的选题，达到"1+1>2"的效果，这种方法具有创新性。

第六章　中国体育图书出版发展趋势研究

　　体育作为人类特有的、能动地适应环境的一套生活方式，深刻体现着文化本质内涵。以现代奥林匹克运动为代表的现代体育具有严密的组织运作章程，有自己格言，通过法律条文、词典、学科术语、科学模式、科学定律、比赛规则等加以体现，并经由教育、大众传播、国家干预等行为使现代体育披上"精英文化"的外衣。但在以信息革命时代或后工业时代为背景的现代体育，在现代生产方式基础上构建了自己的运行规则，无处不体现着诸如无文化阶层性、无差异性、即时性和功利性等流行文化的特征。可以说，现代体育本质上是在传统文化外壳包裹下的流行文化。[1]现代体育的这种双重文化特质深刻地影响着体育图书出版的文化品位和出版动向。

第一节　体育图书出版发行趋势研究

　　体育图书出版是对人类体育运动文化灵魂的寻求，以建构人的精神生活、精神生产、精神消费、精神家园并积极推进现代体育事业健康发展为目的的体育文化选择活动，人类体育运动文化的一切形态经过选题人的价值选择和价值评判都可以进入"议程"设置即选题活动的范围。从而使不断演化的体育知识体系以物质媒介传播，外化为种种物态形式和机制，并在社会机制中不断同化，形成共同的价值尺度实现对舆论的引导功能，进而造起一座座人类体育运动精神文化的大厦。而要实现体育精神成果最大范围的传播，其实现的最主要也是最重要手段就是要实现体育图书出版发行量的最大化。

---

　　[1] 龙军,吴文峰.论在传统文化外壳包裹下的现代体育流行文化内质 [J].体育文化导刊,2006（4）

一、体育图书出版发行系统的特点

体育图书出版发行是出版者随着时间和空间的变化而不断扩大体育运动精神成果传播范围的过程。它以出版参与者（出版发行主体）为基础，以社会经济文化环境为支撑，以信息知识势差为动力，以信息、物资的流通为条件，是一个涉及到技术、经济、社会、人文等众多因素的复杂过程。所有影响体育图书出版发行的因素之间又是相互关联、相互作用，所有因素的特征，以及它们之间的相互作用共同决定着体育图书出版发行的时空展开模式，同时出版发行过程的进展反过来又影响各因素的动态变化及相互关系。因此，体育图书出版发行是一个体育图书出版发行主体与各影响因素之间、各影响因素之间、出版发行过程与出版发行环境之间相互关联、相互作用、互动演进的动态、复杂的系统。

（一）体育图书出版发行系统时空统一性

体育图书出版发行系统的时空统一性是指系统的运行在时间和空间同时有效的，是时间和空间的统一形式。体育图书出版发行系统的任何能量的变化都将同时产生时间变量和空间变量，它们同在一个变量关系中。

体育图书出版发行系统在时空纬度中的演变表现出不同的状态，这些状态是时间——空间对应的状态，表现出的结构就是时间——空间结构，而时间——空间结构说到底是系统能量聚散或非均衡分布的结果。因此，体育图书出版发行系统的时空结构规定着系统中该图书出版发行发生的可能性或概率，同时出版发行的发生又会影响整个扩散系统的能量分布。

出版发行系统的时空统一性要求研究分析体育图书出版发行问题时，要运用既能反映时间展开特征、又能反映空间分布特征的研究框架和分析方法。

（二）体育图书出版发行系统有势性

与相互作用的物体的相对位置有关的能量统称势能。有势系统又称"位势系统"、"势能系统"，表现为系统具有某种确定的走向。势能、位势的存在，在有势系统的演化中起重要作用，它决定系统演化的方向和系统演进的能力。

体育图书出版发行系统显然是一种典型的有势系统。在体育图书出版发行系统中，出版者较读者，出版物中所包含的体育信息知识较读者已有的体育信息知识储备等都具有势能。尽管实际中的出版发行系统千差万别，但无论哪个发行系统，体育图书的购买者或发行率总是随着时间的推移而逐步增加的，直至发行过程终止，这是所有出版发行系统的基本走向。之所以如此，从根本上应当归因于出版物具有的"势"，即新的体育信息知识相对于现有的信息知识所具有的比较优势。比较优势越大，出版发行的速度就相对越快，发行范围也相对越大。

（三）体育图书出版发行非线性动态性

体育图书出版发行系统由于涉及技术、经济、社会、人文、信息交流及发行主体行为等多方面因素，其间又存在许多关联和相互作用，因此本质上是一个复杂的非线性系统。体育图书发行系统静态非线性特征必然在系统演进的动态过程上有所反映。一方面表现在读者购买数量或发行速度随时间的推移呈非匀速、不规则的动态变化；另一方面表现在读者呈非均匀的空间分布。非线性系统最突出的特性是不满足"叠加原理"。任何局部、子系统只有放在系统整体的环境中去考察，才有可能把握其行为特性和功能。体育图书出版发行系统的非线性演进性要求在考察体育图书出版发行系统的演化行为时要坚持整体的、全局的、系统的和演进的观点。

二、以时间为变量的体育图书出版发行模式

（一）模式构建及解析

对体育图书出版发行研究的核心问题是关于人类体育运动的精神劳动成果的传播的机制与规律，而且它是特殊类型的传播，是人类体育运动的精神劳动成果通过一段时间，经由特定的渠道，在某些社会成员中传播的过程。确切地说，是人类体育运动的精神劳动成果在受众中的扩散。

当一种新的人类体育运动的精神劳动成果（以下简称体育精神成果）进入市场后，它的"扩散速度主要受到两种信息传播途径的影响"[1]：（1）大众传播媒介如广告等（外部影响），传播出版物特征中容易得到验证的部分（如价格、功能、实用性、是否为社会焦点、热点等）；（2）口头交流，即已阅读者对未阅读者的宣传（内部影响），它

---

[1] 高建.中国企业技术创新分析［M］.北京:清华大学出版社,1999

传播出版物特征中某些一时难以验证的部分，比如可靠性、对阅读者知识信息的更新及储备的有效性、阅读个体效用等。

在体育图书出版发行研究中时间是个不容忽视的重要变量，因为不仅图书出版具有出版周期，而且由于体育图书具有一定时效性，每种出版物也都具有自己的生命周期，体育图书的出版发行是个随时间发展的过程。

在此假设所有的潜在读者均为相互间同质的"基本单位"[1]，除阅读购买时间有先有后外，再无其他的任何差别；同时假定了出版、发行环境的不变性，读者购买数量与发行量一致。在此理想情况下，对于某种体育精神成果，假定存在N_0个潜在的读者（出版物印刷数量），N_t表示到时间t已经购买了该体育精神成果的读者数量（出版物已发行数量），$(N_0 - N_t)$代表时间t上尚未购买的潜在读者数。p为自主购买行为系数，只受外部影响作用，与该出版物实现购买与否没有直接关系；q为从众购买行为系数，受内部影响作用，同时自主性购买是从众性购买行为的基础，从众性购买行为与该出版物实现购买情况有直接正比关系，$q = \lambda \frac{N_t}{N_0}$，$\lambda$为从众心理系数，购买者越多，从众购买行为越明显。从而在时间t上可以得出：

$$\frac{dN_t}{dt} = p(N_0 - N_t) + q(N_0 - N_t) = p(N_0 - N_t) + \lambda \frac{N_t}{N_0}(N_0 - N_t) \quad (11)$$

式中：第一项$p(N_0 - N_t)$表示在尚未实现购买的潜在读者群中，那些只受外部影响作用的读者，为自主购买者；第二项$q(N_0 - N_t)$代表在尚未实现购买的潜在读者群中，那些只受内部影响作用的读者，称其为从众购买者。

由于体育图书出版物是在一定的空间环境中进行的，空间环境对读者购买行为的影响也十分重要。由于存在着地理空间的集聚，出版物在出版源地区范围内传播的更快；体育知识信息密度较高的地理区域，体育图书出版物发行的更快。因此，图书出版发行过程有着显著的空间集聚效应。由于传播过程的"距离摩擦阻尼效应"，图书被接纳的可能性会随着空间距离的增大而不断减弱。引入体育图书出版发行的空间环境

---

[1] 单卫东.非均质地域空间扩散研究［M］.南京:南京大学出版社,1996

因素，可以对单纯以时间变量为建模基础的模式的修正。[1]

（二）体育图书出版发行模式的拓展

以上体育图书出版发行模型在整个出版发行系统内只存在一种出版物，该出版物的发行过程及时空模式只与该出版物的特性、潜在读者特征属性及环境特征属性有关，而与其他出版物的出版发行无关，是单元图书出版发行。此类传播规律与特点的研究相对简单，现实中很多的出版物的发行过程都可归结为这一类。

对某些特定的体育出版物出版发行而言，其出版发行行为往往不是孤立的。如某新型运动项目的推广必定有新型运动介绍及运动训练等信息知识的传播相伴。同时，读者在购买这类图书时，具有选择性。因此，在图书市场上多种体育图书优势互补、相互影响或者相互竞争时，仅考虑一种出版物的发行无疑是不完全的，而以这几种出版物的发行效果作为分析单元，这就是多元图书出版发行研究。

多元图书出版发行分析单元主要分为两种情况：一是同时共存的几种体育图书间具有一定程度的知识、信息互补性，即一种出版物中知识的吸收对另一种出版物的购买具有正向刺激，反之亦然，各种体育图书的发行可以互相促进，因此可称之为"互补型出版发行"分析单元。如介绍新型运动的图书与该项目的运动训练的图书的发行就是如此。二是图书市场中同时共存的几种图书，在内容上相同或相近的互替性。读者购买了这种出版物就不必购买另一种出版物。显然，这些图书的发行过程之间是一种相互竞争的关系。即当市场空间一定时，不同出版物的发行进程此消彼长，这种情况称为"竞争型发行"。

对于互补型出版发行分析单元的处理方法，是将与特定出版物内容"互补"的其他出版物都归结到发行环境中，它们对发行过程的影响，有发行环境因素动态的体现。这样，这一问题就可以转化为单元图书出版发行处理。

竞争型分析单元中的不同出版物之间互相排斥、互为竞争。每一种出版物的发行进展，不但取决于自身内容的特质和相关因素，而且还取决于其他替代知识信息的特质和相关因素。[2]因此，考察任何一种出版

---

[1] 康凯,张会云.非均质空间各向异性技术创新空间扩散模型研究 [J].河北工业大学学报,2001（2）

[2] 胡宝民.技术创新扩散理论与系统演化模型 [M].北京:科学出版社,2002

物的发行过程，都不能不把它与其他竞争出版物的发行过程联系起来；而整个发行系统的状态演化，正是由这些相互关联、相互内生的多个发行过程联合决定的。因此，对于多元出版物竞争扩散问题，通常要对每一种出版物设置独立的发行描述变量，建立起由它们联立的发行演化方程，以便在相互联系、相互竞争、互动演进的背景中，对整个出版发行系统及其动态演进作全面、综合的考察。

综上所述，互补型发行可转化为单元出版物发行问题处理，只有对竞争型发行才定义多元出版物发行问题。

（三）"场论"对体育图书出版发行模式的补充

场论方法把体育图书出版发行系统内部相互作用和外部环境看作场的函数，从系统观和演进观上重新考察体育图书出版发行行为。这是一种非线性思维、整体思维和动态思维方式，更符合体育图书出版发行的动态性和复杂性。

在体育图书出版发行场中，拥有体育类图书出版单位是"能量源"，潜在读者是"能量宿"，出版物的出版发行是"能量流"，体育图书出版物一旦出版，就成为一个场源，在其周围激发出出版发行场。在体育图书出版发行场中，发行传播速度的快慢取决于空间点场的"强度"和空间本身的"势能"；场的强度取决于体育出版物的信息特征、所需投资、预期回报率以及"源"与"宿"间距离等因素；在场中，出版物中信息知识所具有的"势能"的大小取决于出版单位专业技术状况、出版发展方向、出版单位文化等因素。"势能"越大，出版发行场的"场强"越大，读者购买的可能性就越大。此外，出版发行场的场强具有明显随距离衰减的特性，因为距离会影响场的信息传播和物资流通，表现在实际中，就是读者距出版源的距离越近，其实现购买的可能性就越大。

三、基于出版发行模式的体育图书出版发行趋势研究

公式(11)反映了在时间t购买了该体育精神成果的读者数量N_t的函数，即实现了体育图书出版发行量。根据公式，如果要实现N_t最大化，就必须加大大众宣传力度，提高p值从而影响自主购买者的购买行为。但大众传媒宣传对从众性购买行为的影响却不显著。此外，要想方设法增加已发行出版物的口碑，加强组织内传播的力度，充分发挥"沉默

的螺旋"理论功效，在t时间N_t与N_0保持不变的情况下，增加从众心理系数λ，从而实现$N_t' = q(N_t - N_0)$最大化；而在不断提高λ和N_t的同时，$q = \lambda \dfrac{N_t}{N_0}$增大，进而再次增大$N_t'$值。

从公式$\dfrac{dN_t}{dt} = p(N_0 - N_t) + \lambda \dfrac{N_t}{N_0}(N_0 - N_t)$也可以得出，p和$\lambda$是影响体育图书出版持续发展的关键，即读者的实际购买行为（包括自主购买行为和从众购买行为），直接影响体育图书出版发展的走向。

（一）社会需求刺激读者购买欲望

人们对体育的认识是从发现体育有能使人身强体健这样一个生物学功能开始的。其实，体育在个体层面上的意义是人的自觉意识支配下身体运动为主要手段对自己身心进行的改造，获得享受和发展，使之日臻完善的实践。所以，现代体育在个体层面上表现在人们参与体育是为了获得现时的享受，包括生理上感官即时的刺激，以及心理上的愉悦体验；只有在体验到现时的享受后，才形成了参与者坚持长期参与体育的动力源，从而去追求达到身心的发展。享乐思想是现代体育作为人类特有的、能动地适应环境的一套生活方式，使现代体育成为理性原则无暇光顾的人们的非理性精神的最后领地，因此吸引着越来越多的人参与其中。这样，以信息革命时代或后工业时代为背景，在传统的教育事业和健康事业的基础上，一个以观赏性职业竞技和参与性大众健身为中心的，包括金融证券、产业经营、产品销售、媒体传播等在内的巨大产业体系——现代体育运动逐渐形成并繁荣起来。

自20世纪90年代以来，体育逐渐成为我国人民生活中的一个重要组成部分。特别是1990年北京亚运会，中国体育代表团大获全胜成为亚洲体坛上的领军力量；1995年《全民健身计划纲要》、《奥运争光计划纲要及实施方案》颁布实施；北京的两次申奥经历以及2001年北京申奥成功后为成功举办2008年奥运会所做的一切努力，不仅有力地推动了我国体育事业的发展，而且使国民的体育意识不断增强、成熟起来。改革开放后，我国与世界的联系更加紧密，而且随着我国综合实力的提高，在处理国际体育事务的能力不断提高，在国际体育舞台上的话语权得到加强，在国际体育组织中的地位不断提高，与国际的体育交流越来越频繁，这些都为我国的体育事业的发展营造了一个开放的氛围。社会对体育精神成果的需要与日俱增，有利于公式中自主系数p值的增加，进而实现体育图书发行量的增加。

（二）我国图书买方市场中读者的购买行为

我国图书市场经过二十多年的快速发展，市场化程度进一步提高，市场短缺宣告结束。从整体而言，我国图书市场已呈现过剩经济和买方市场的格局。

买方市场，即在商品交换中买方占主导地位的市场，在供求关系中表现为市场供应充足，买方有较充分的选择余地，从而处于相对有利的地位；作为卖方则表现为库存增加，销售增加迟缓，从而导致商品价格出现下降的趋势。

1999年底，我国图书出版全行业期末库存36.62亿册，241.63亿元，当年全行业纯销售73.29亿册，355.03亿元，同年期末库存占全年纯销售额的68%。2000年底，我国图书出版全行业期末库存36.47亿册，272.68亿元，当年全行业纯销售70.24亿册，376.86亿元，同年期末库存占全年纯销售额的72.4%。根据《短缺经济学》作者科尔奈的看法，如果企业的库存主要是产成品库存，企业的流动资金主要是被产成品占用，这种经济就是需求约束型经济，这种市场就是买方市场。可见我国图书市场符合买方市场特征。

此外，2000年我国图书出版定价总金额比上一年增长9.6%，而印刷册数比上一年仅增长1.1%[1]，可见图书实物量并无明显增长，而主要表现为价格上涨。但过高的图书价格在生产环节没有被控制，而在流通领域被打压，于是出现了在出版环节书价上涨和在流通环节新书打折的怪现象。由于图书市场缺乏很好的渠道和保护以及规范的运作，价格打折似乎成了市场竞争的惟一手段。在对图书批发市场的调查中也发现，体育图书中的一些与赛事有关的、时效强的图书甚至出现"图书菜市，论堆售书"现象。

图书高定价，低折卖，图书定价和实际情况差别太大，给读者一种不可信的感觉，让消费者非常反感，这已经是涉及到全社会的一个诚信问题，这是目前商品经济还不成熟的做法。1988年后，随着出版社由生产型转向生产经营型及社会主义市场经济的发展，国家进一步放开对图书定价的限定，改控制印张定价为控制书籍定价利润率，而针对具体某

---

[1]　中国出版年鉴社编辑部.中国出版年鉴（2001）［J］.中国出版年鉴社,2002（10）

种图书的定价不做具体规定。[1]虽然这一方面让出版社在图书定价上、图书经营时更具有灵活性，但也成为一些图书乱定价的可趁之机，一些有问题的图书得以出笼并充斥市场，不但会使图书市场产生不公平竞争，造成市场混乱，更会削弱读者对出版单位的诚信度，对所有图书的定价都产生怀疑。同时，受市场经济效益指标的影响，各种体育低端读物供大于求，而各种专业的、理论性的、研究性、学术类的读本在一般的书店极不易找到，这种结构性供给过剩和有效供给不足，致使体育图书市场给人一种无所适从的感觉。

体育图书在市场上不太乐观的另外一个原因就是好作品太少。那些内容平庸的图书本身就是无效供给，即使降价也不会刺激需求，反而使读者对整个图书市场失去信心。

出版业最终产品是各类型出版物，行业最终购买者将是读者。读者对出版业竞争的压力主要体现在对出版物的选择上。目前，图书市场上纷乱繁杂的体育图书品种，由于市场诚信以及它内在质量良莠不齐，这些还不足以让那些持币观望的读者心甘情愿地为它掏腰包。这就明显地影响了公式中p值的增加，而且，这种自主性购买行为在变化的时候又随时影响着从众购买行为。

在现实生活中大多数个人都力图避免因单独持有某些态度而造成孤立。一个人一旦了解哪些观点是占优势的或普遍得到支持，便对周围环境进行认真观察，确定了自己的意见同占据优势的观点不一致，便沉默起来；随后大都改变自己的看法，和优势意见相一致。什么观点占优势，经常是由传播媒介确定的，或者由周围多数人对这一观点的支持造成的。如果自己的观点居于少数，因为害怕孤立便不愿意把自己的观点讲出来。当持有少数观点的人保持沉默时，本来占支配地位的意见就更加得势，而原来持不同意见的少数人也纷纷转变观点，形成了一种螺旋式过程。这就是伊莉莎白•内尔—纽曼(Elisabeth Noelle—Newmann)在1973年发表的《重归大众传媒的强力观》一文中的"沉默的螺旋"理论。

这种"沉默的螺旋"理论体现在读者购买行为中，特别是对于从众购买行为效果更加显著。当多数人认为某种体育图书内容好，值得一读，随着这种观点越来越强势，那些持不同观点的人为了避免因单独持有不同态度而造成孤立，就会纷纷转变观点，也加入读书、购书行列。但当他们发现周围大多数人对体育图书持币待购时，他们也同样会效仿这种行为。

[1] 孙宝寅编著.出版经营管理［M］.北京:清华大学出版社,1995

第二节　当代中国体育图书出版的文化走向

　　从20世纪90年代开始，中国明显加快了市场经济改革与建设的步伐。伴随这一过程，当代中国文化从原来"政治挂帅"的政治文化格局向主流文化、精英文化、大众文化多元鼎立的文化格局迅速转型。社会生活呈现出多元化的发展趋势，植根于传统文化和来源于现代文明的各种行为方式、价值观念相互激荡融合，不同社会阶层、不同年龄段、不同地区表现出参差不齐、内容丰富的文化形态。在这种现实情况的影响下，体育图书出版的种类、内容和价值诉求也出现了多元化的倾向。中国当代文化发展格局的变革决定着现代体育图书出版的文化走向和发展趋势。与此同时，中国出版体制的转轨和出版资源的整合、重新配置也在不同层面、不同水平上展开。对于建设社会主义先进文化来说，这种状况一方面表明了建立在经济基础之上的文化繁荣；另一方面也给如何在实际工作中体现坚持先进文化的前进方向带来了严峻的挑战。

　　社会主义市场经济作用下，体育图书出版人的文化选择和体育文化的走向在很大程度上受当代社会文化的分化与转型的直接作用。一方面，各种体育图书出版选题"资本"的加盟都必须经过市场的检验和筛选，任何进入体育图书出版选题视野的文化类型、文化意义与文化内容在当代社会文化中得以改造与完善，这样才能成为一种被"积累"的体育图书出版资本；另一方面，文化发展的自律性作用，也使得任何一种体育图书出版的最终实现必须以特定的价值选择为导向，当代社会文化发展格局正引导着这种价值选择。

一、当代文化发展态势对体育图书出版思路的影响

　　当代文化的发展态势，或者说文化走向、发展趋势等等，对于中国图书出版市场，可以说基本是一种人为的东西。整个文化思潮发展的本身也是人为行为，就是通过人的努力，推动某种文化趋向的发展，甚至影响整个文化事业。因为，国家的一般文化状态不会有很大的反复和变化，它基本是稳定的，但是现实中看到的文化现象是不断变化的，那就是通过某些人或某些利益集团的"炒作"，各种媒体的推波助澜，推动了某种文化潮流向前走，过一段时间，又会被另一种潮流所掩盖。体育文化的发展就是一个很好的例子。所以，一个文化思潮的发展有几个特点：一个是有人为性的因素，是通过人的努力去推动的，并不是自然

的、先验的；第二，这种发展变化始终存在由兴起、发展、繁荣、衰落的过程；第三，它的整体变化很可能是对立面的转化，很可能就是一种倾向变成另一种倾向。因此，所谓文化走向就是要认清文化潮流的发展正处于什么阶段。

从当代文化的发展或出版思潮的发展来说，每一个思潮的推动，总归首先有一批精英分子，他们可以是作家，也可以是编辑、学者，会在整个体育文化中发现一般人看不到的东西，制造出一个体育文化潮流。第二类人，是跟风、跟潮流的人。他们对潮流出现比较敏感，潮流一旦出现，马上紧跟。这两者是分不开的，没有精英为核心，就产生不了潮流；而没有跟潮派，也不可能成为大的文化走向，只能是几个人小范围的文化实验，很快也会烟消云散。当然，对潮流把握能力较差的第三类人，属于观望型，等他们反应过来再去跟从潮流，市场已经趋于饱和，潮流也已经过去了。这类属于盲目追赶潮流的牺牲品。

体育图书出版中的每一个选题策划都可能成为一种体育图书出版思潮的推动因素。尤其是在今天大量的文化思潮和流行文化面前，很可能一个点子、一种努力、一本书，就改变了整个出版界，并会使体育图书文化朝另一个方向发展。这种可能性是存在的，如我国内地武术类图书的出版。

20世纪80年代初期，国家对中华武术古籍及民间武术的挖掘、整理工作，使武术类图书的出版成为迄今为止体育图书出版的主导品种类别，为中华武术文化在世界范围掀起武术热起了积极的作用。就在这个时期以电影《少林寺》为代表的功夫影视在极短时间内征服了全国观众，并引发了大陆的武术影视热、武侠小说热，武术类图书的出版乘此东风一路飘摇直上。此时，有少数一些出版单位觉察到了武术类图书的出版工作不仅具有较好的社会效益，而且可以带来不菲的经济效益，为了吸引读者，在其出版的"武术气功"类图书在内容上有意弱化了中华武术的文化内涵，而且在主题上也转向"防身、防暴"、强身健体、延年益寿等功利性功能的宣扬。这一出版策略显然得到了市场的认可，武术类图书已经成为书店的常销书，成为一些出版社的常备选题。进入90年代中后期，恰逢我国《全民健身计划纲要》和"奥运争光计划"的实施，北京2008年奥运会申办准备工作，更多的出版单位利用国家出版管理职能部门对武术图书出版选题审批的优先、宽松政策和对部分武术图书出版选题鼓励、扶持的政策环境，积极参与武术类图书的出版，这也是武术类图书的出版在我国体育图书出版结构中处于领军地位的重要原因之一。

所以，从当代文化的发展或出版思潮的发展来说，当制定体育图书出版策略时，要确认当代文化发展态势以及体育文化发展态势，然后制定出版策略，有了整体的出版理念，以便确认领先性，发现别人没有注意到的细节，通过有意识的选择，创造或扭转体育文化潮流，然后可以去创造阅读走向，影响文化市场，推动文化发展，最后就造成了大的体育文化态势。

二、主流文化对体育图书出版的影响作用

主流文化，在学术界又被称为主导文化、官方文化或意识形态文化，是指一个社会中统治阶级所提倡的、代表国家文化意志的、体现国家在文化方面的根本利益和价值取向的占主导地位的文化。[1]主流文化贯彻了统治阶级的意识形态，而意识形态在控制和整合社会民众思想意识方面发挥着强制性的作用。谁不认同一个社会的意识形态，谁就不可能进入这个社会，所以，意识形态是通过强制的、无意识的方式为社会成员所接受的。[2]正因为如此，主流文化对社会文化的一切部门包括出版工作部门都起着指导、监督和控制作用。

主流文化导向的变化也相应地引起社会文化的一切部门包括出版工作导向的变化。由体育图书出版结构变化可见，20世纪80年代，在体育图书出版选题和出版活动的操作上，选题呈现多样化变化，一方面是全国上下解放思想的缘故；另一个主要的原因是这个时期处于开放初期，国家的总体改革思路尚在探索之中，而出现主流文化出版选题变向快、导向不明的倾向。20世纪90年代国家提出了"精神文明重在建设"的方针，并进一步提出在社会主义市场经济条件下重建主流文化的"弘扬主旋律，提倡多样化"的方针。这一方针以其创造性的姿态"为其他文化生态的发展提供了必要的空间和意识形态依据"。[3]国家出版行政管理部门通过调整出版政策，实施"阶段性转移"。而对于体育图书出版选题工作来说，这一方针尤其具有指导意义，使得体育图书出版从片面追

---

[1] 陈华文.文化学概论 [M] .上海：上海文艺出版社，2001

[2] 俞金吾.意识形态论 [M] .上海：上海人民出版社，1993

[3] 孟繁华.众神狂欢——当代中国的文化冲突问题 [M] .北京：今日中国出版社，1997

求出版选题品种与数量增长的外延型发展道路，向注重追求出版选题内容质量的内涵型发展道路转变。

主流文化本身直接提供给出版者的选题资源主要可分为两大类：一是马克思主义的经典著作以及党和国家领导人的著作、著述；二是根据党的路线、方针、政策而确定的能够体现中国特色社会主义文化建设成就的内容。这类选题资源一般都通过国家意识形态部门或主要意识形态出版部门的运作来加以实施，在体育图书出版史上，深刻体现为主流文化服务的体育图书为数不少，它们选择一定的体育运动的精神劳动成果并加以传播，"通过对信息、知识的选择、解释和评论，可以引导社会舆论，制造社会舆论"。[1]如《体育之进行与改革》（商务印书馆，1927），《体育真义之科学分析》（金兆均，1942），《体育之研究》，《大扫骄娇二气》，《体育现代化》（熊斗寅，1987），《体育的社会文化审视》（卢元镇），《中国近代知识分子对体育思想之传播》（徐元民，1999）……这些著作是运主流文化而生，同时又积极引导着体育舆论工作，为社会创造一个和谐健康的舆论环境。

三、当代精英文化的边缘化对体育图书出版的影响

精英文化，或称高雅文化、严肃文化或知识分子文化。这种文化的特征可归纳为三个方面：一是具有强烈的人文导向作用；二是具有较强的时代性和价值倾向性；三是具有一定的超越性和现实批判作用。精英文化在市场体制的作用下，或融入大众文化之中，或向大众文化消费方向趋近。[2]

进入20世纪90年代之后，主流文化通过主旋律策略承认了大众文化的强势存在，而精英文化在丧失了原有的号召力后出现了大分流与大逆转，其中一部分资源流入大众文化的领地之内。

在对精英文化出版选题的开发和策划中，一些政治事件甚或一些社会事件，像北京申奥成功等，凭借种种商业化的大众消费行为进一步扩大了影响，都变成了文化消费行为，达到了以往所不能达到的传播目的。在市场经济条件下，这些政治活动和社会事件无不与商业行为连在

---

[1] 阙道隆.编辑学理论纲要［J］.出版科学,2001（3）

[2] 刘明君，郑来春，陈少岚.多元文化冲突与主流意识形态建构［M］.北京:中国社会科学出版社,2008

一起，并转换为供大众消费的文化行为。

这些反映出精英文化开始向边缘化滑落。首先，从整体上说，精英文化边缘化的趋势，使得精英文化出版选题的文化选择活动也从出版活动的中心发生向边缘化方向的位移。其次，随着精英文化的分化以及一批文化精英向世俗化靠拢，精英文化出版选题的市场化运作开始启动，体育人文社科类、体育运动专业学术类出版选题在出现出版难危机的同时，通过世俗化与市场化的包装，如将前沿性知识过早地、不负责任地初级化、普及化，以便打开了另外一种局面。第三，受学术文化泡沫化和学术腐败现象的影响，这些精英文化出版选题的内容质量及把关工作也受到影响。

可以说，在改革开放后仅仅十余年的时间里，中国精英文化经历了从边缘到中心又从中心到边缘的位置转换。在这种转换中，精英文化内部也发生了严重分化，最突出的表现就是文化市场化所导致的文化价值取向的多元化，现代体育就具有精英文化和流行文化"双核"。

现代奥林匹克运动为代表的现代体育具有"精英文化"的特征，与传统体育文化中民俗文化成分相同的，现代体育中的这些精英文化成分的出版选题也同样存在着向大众消费靠近的趋势。传统体育文化在传统的教育事业和健康事业的基础上，以信息革命时代或后工业时代为背景下，形成以观赏性职业竞技和参与性大众健身为中心的，包括金融证券、产业经营、产品销售、媒体传播等在内的巨大产业体系——现代体育运动才成为一种消费品。由此，大众文化将体育文化纳入市场发展轨道。

四、大众文化的兴起对体育图书出版的影响

作为一种消费性的文化，大众文化在中国的兴起有其广泛的社会基础。概括起来说，20世纪70年代末开展的思想解放运动为其发展奠定了思想基础；80年代开始的改革开放及市场经济体制的建立为其发展奠定了经济基础；伴随着市场经济体制改革而进行的政治体制改革和民主政治的发展为其奠定了一定的政治基础；而大众传媒的发展则为其提供了重要的技术支撑平台；最后，社会大众特别是市民阶层的扩大为其奠定了广泛的受众基础。[1]因此，可以说大众文化就是"在现代都市工业社会中产

[1] 谢轶群.流光如梦:大众文化热潮三十年 [M].南宁:广西师范大学出版社,2008

生，以现代都市大众为其消费对象，通过当代都市大众传播媒介传播的无深度的、模式化的、易复制的、按市场规律生产的文化产品"。[1]

大众文化就是这样一种都市工业社会或大众消费社会的特殊产物，是大众消费社会中通过印刷媒介等大众传播媒介所承载、传递的文化产品，其明显的特征是它主要是为大众消费而制作出来的，因而它有着标准化和拟个性化的特色。[2]在这样的背景下，大众文化以其不可阻挡之势一跃而成为中国人文化生活的主流，并且以其特有的发展规律形成了自身特殊的生产消费模式，一种引领大众出版消费的时代也随之浮出水面。

体育文化的产品有其精神上的内涵，只是满足享受欲望的一种消费品，在市场条件下，形成一套文化上的生产消费关系。资本投资人看上了现代体育消费潜力、消费趋势，于是就作出投资，并努力为该投资进行一种造势，使人们形成对于它的注意力，以此形成一种大众消费趋向。深受文化潮流影响的体育图书出版活动更是以直接或间接的方式迎合并追随着大众文化的发展，参与并引导着大众体育文化的传播。

在市场条件下，大众文化表现出强大的娱乐功能，对社会转型时期民众的心理世界具有重要的暗示作用，对于整个社会的文化气候、价值观念和道德水平有着潜移默化的深远影响。大众文化出版选题活动开始由非自觉状态向自觉状态转变。

20世纪90年代之后，体育图书出版人对大众体育文化出版选题的开发和生产更加自觉、更加灵活多样，这特别表现在原创性出版选题的开发与设计上，从选题的策划到宣传，从生产到销售，都运用了市场化的运作手段。20世纪90年代以来，大众体育文化出版选题的开发与策划愈来愈呈现一种消费化趋势，持守消费理念与引领消费时尚已成为不言自明之义。在市场条件下，市场逻辑只刺激与其内涵品格相一致的大众体育文化出版选题的开发和生产，在其出版选题的文化选择与资源开发上，市场逻辑的充分运作，使得大众体育文化出版选题的开发和生产处于一种有利的地位，可以利用规模经营的手段安排生产和消费。

从积极的方面讲，大众体育文化出版物的出版与传播都具有体育文化普及与提高的意义，正如哈贝马斯所言：市场根据自己的需要，调

---

[1] 陆扬.大众文化理论(修订版)［M］.上海：复旦大学出版社,2008

[2] 杭之.一苇集［M］.北京：生活·读书·新知三联书店,1991

整文化商品的内容，从而从心理上增强各个阶层民众的获取能力。[1]体育图书出版作为大众文化的一部分，也是与社会的变革密切联系在一起的。美国学者丹尼尔•贝尔在论述资本主义文化变革时写道："实际上，讲究实惠的享乐主义代替了作为社会现实和中产阶级生活方式的新教伦理，心理学的幸福说代替了清教精神。目前的大众文化(享乐文化)也取得了至高无上的统治地位，它不再作为表达的象征或道德含义，而是作为生活方式来指导一切。"[2]现时期中国大众文化的现状与此有相类似的地方。在我国国民阅读倾向调查结果中发现"我国国民读书目的的功利性走强，实用性减弱，消遣娱乐性回归，市场化倾向更加明显"。[3]这一切文化实体之所以被"消费"，是因为其内容并不是为了满足自主实践的需要，而是满足一种社会流动性的修辞，满足针对另一种文化外目标，或者干脆就只针对社会地位编码要素这种目标的需求。

在体育图书出版工作中重视大众文化，一方面要承认大众文化对社会主义精神文明建设的积极作用；另一方面也要对大众文化在生产消费中存在的庸俗化倾向有足够清醒的认识。认识这种倾向并有意识地采取引导和防范措施，对于如何把握出版工作的正确文化取向具有重要作用。

大众文化庸俗化在体育图书出版领域主要表现在体育出版物生产机制、消费者阅读取向和出版物市场环境等方面。在体育图书出版物生产机制上，有的出版单位把读者的猎奇喜好作为潜在"卖点"，如球场暴力、比赛黑幕等，加以炒作的倾向越来越突出，甚至成为个别出版单位唯一有效的"经营之道"。出版生产商品化、娱乐化、快餐化的趋势日益明显，而出版单位承担的文化建设责任和社会责任却被不同程度地放弃了。表现在出版物的内容上，一些轻松的、刺激的、浮躁的、容易讨好读者阅读需求的选题成为有些出版单位策划"亮点"，明星个人隐私、物质享受以及一些违背现实生活的光怪陆离的描写也成为一些体育出版物的主题。

---

[1] 哈贝马斯. 公共领域的结构转型 [M]. 上海:学林出版社,1999

[2] 丹尼尔•贝尔. 资本主义文化矛盾 [M]. 北京:生活•读书•新知三联书店,1992

[3] 中国出版科学研究所产业发展中心. 第五次全国国民阅读与购买倾向抽样调查 [M]. 北京:人民出版社,2008

在体育图书出版物市场上，供需双方形成了以商品化出版物生产为纽带的互动，使得一些出版单位缺乏文化建设的远见和实力，整个出版物市场出现了失衡现象，重模仿和复制，轻创造和革新；重流行和浮华，轻个性和充实；重实用和形式，轻理论和内容；重物质功利的崇拜，轻价值体系的建构；重享乐之风的鼓动和诱导，轻创业艰辛的告诫和思考，助长了消费享乐主义的倾向，影响社会主义精神文明建设。

参考文献

［1］Bill Cope and Dean Mason. New markets for printed books. Altona, Vic.: Common Ground Publishing, 2002

［2］Clarkson N. Potter. Who does what and why in book publishing. Secaucus, NJ: Carol Pub. Group, 1990

［3］Herman, Jeff. The insider's guide to book editors and publishers, 1990-1991. New York, NY: U.S. bookstores and libraries, orders to St. Martin's Press, 1990

［4］Megan L. Benton. Beauty and the book: fine editions and cultural distinction in America . New Haven: Yale University Press, 2000

［5］Oakeshott, Priscilla. The impact of new technology on the publication chain. London: British National Bibliography Research Fund ; Boston Spa, Wetherby, West Yorkshire, 1983

［6］Philip G. Altbach, Amadio A. Arboleda, S. Gopinathan. Publishing in the Third World: knowledge and development . Portsmouth, N.H. ; London : Mansell, Heineman, 1985

［7］Philip G. Altbach, New Delhi. Publishing and development in the Third World . London: Vistaar Publications in association with Hans Zell Publishers, England and Heinemann Kenya Ltd., Nairobi, 1992

［8］Richter, Harald.Publishing in the People's Republic of China: personal observations by a foreign student, 1975-1977. Hamburg : Institut für Asienkunde, 1978

［9］The Business of book publishing : a management training course. London: Book House Training Centre, 1990

［10］ ［加］尼科斯特尔.知识社会［M］.上海:上海译文出版社, 1998

［11］［美］Everette E. Dennis，Craig L. LaMay，Edward Pease 编.图书出版面面观［M］.张志强译.石家庄：河北教育出版社，2005

［12］［美］大卫•理斯曼.孤独的人群［M］.王崑译.南京:南京大学出版社，2003

［13］［美］Jeff Herman，Deborah Levine Herman.选题策划［M］.崔人元，宋健健译.石家庄：河北教育出版社，2005

［14］［美］Claudia Suzanne.图书出版实务：从概念到销售［M］.周黎明译.北京：中国人民大学出版社，2006

［15］［美］刘易斯•科塞.图书:出版文化与出版商业作家箴言录［M］.海口:海南出版社，2002

［16］［美］小赫伯特•S•贝利.图书出版的艺术和科学［M］.北京:中国书籍出版社，1995

［17］［日］布川，角左卫门主编.简明出版百科辞典［M］.北京:中国书籍出版社，1990

［18］［日］小林一博.出版大崩溃.甄西译.上海：三联书店上海分店，2004

［19］埃尔肯.P.G.新模型经济［M］.上海:上海译文出版社，1990

［20］边光春编.出版词典［M］.上海:上海辞书出版社，1992

［21］巢峰.中国的图书市场［J］.出版科学，2006（1）

［22］陈华文.文化学概论［M］.上海:上海文艺出版社，2001

［23］丹尼尔•贝尔.资本主义文化矛盾［M］.北京:生活•读书•新知三联书店，1992

［24］单卫东.非均质地域空间扩散研究［M］.南京:南京大学出版社，1996

［25］范绪泉.面向知识经济的选题策划［J］.出版科学，2001（2）

［26］高建.中国企业技术创新分析［M］.北京:清华大学出版社，1999

［27］哈贝马斯.公共领域的结构转型［M］.上海:学林出版社，1999

［28］杭之.一苇集［M］.北京:生活•读书•新知三联书店，1991

［29］郝振省主编.2004-2005中国出版业发展报告-中国出版蓝皮书［M］.北京:中国书籍出版社，2005

［30］贺剑锋，刘炼.我国图书买方市场的特征及对策研究［J］.出版科学，2001（4）

［31］贺仲雄主编.模糊数学及其应用［M］.天津:天津科学技术出版社,1992

［32］胡宝民.技术创新扩散理论与系统演化模型［M］.北京:科学出版社,2002

［33］康凯,张会云.非均质空间各向异性技术创新空间扩散模型研究［J］.河北工业大学学报,2001（2）

［34］李京文.知识经济与决策科学［M］.北京:社会科学文献出版社,2002

［35］刘彩霞主编.百年中文体育图书总汇［M］.北京:北京体育大学出版社,2003

［36］刘杲.刘杲出版文集［M］.北京:中国书籍出版社,1996

［37］刘明君,郑来春,陈少岚.多元文化冲突与主流意识形态建构［M］.北京:中国社会科学出版社,2008

［38］柳斌杰.在改革开放中加强出版行政管理［J］.中国出版,2002（12）

［39］龙军,吴文峰.论在传统文化外壳包裹下的现代体育流行文化内质［J］.体育文化导刊,2006（4）

［40］陆扬.大众文化理论(修订版)［M］.上海:复旦大学出版社,2008

［41］马克思•韦伯.社会科学方法论［M］.北京:中国人民大学出版社,1992

［42］马克思,恩格斯.马克思恩格斯全集（第19卷）［M］.北京:人民出版社,1963

［43］孟繁华.众神狂欢——当代中国的文化冲突问题［M］.北京:今日中国出版社,1997

［44］苗遂奇.现代出版选题学引论［M］.苏州:苏州大学出版社,2005

［45］阙道隆.编辑学理论纲要［J］.出版科学,2001（3）

［46］任海.论体育资源配置模式——社会经济条件变革下的中国体育改革（一）［J］.天津体育学院学报,2001（6）

［47］任遂虎.论价值的比较选择［J］.西北师范大学学报（社科版）,1997（6）

［48］邵培仁.传播学［M］.北京:高等教育出版社,2000

［49］ 孙宝寅编著.出版经营管理［M］.北京:清华大学出版社,1995

［50］ 汪应洛主编.系统工程理论、方法与应用［M］.北京:高等教育出版社,1998

［51］ 王永亮.传媒精神［M］.北京:中国传媒大学出版社,2005

［52］ 王子野著.王子野出版文集［M］.北京:中国书籍出版社,1997

［53］ 威尔伯•施拉姆,威廉•波特.传播学概论［M］.北京:新华出版社,1984

［54］吴文峰.奥运类图书出版大盘点［N］.中国图书商报,2006年7月14日

［55］吴文峰,张铁玲,蒋世玉.奥运类图书出版形势分析与趋势预测［J］.北京体育大学学报,2008,31（2）

［56］吴文峰.我国体育大众传播泛娱乐化的传播学解析［J］.武汉体育学院学报,2008（4）

［57］ 萧扬,胡志明.文化学导论［M］.石家庄:河北教育出版社,1989

［58］ 谢清风.出书结构调整直面的几重关系［J］.出版科学,2002（1）

［59］ 谢轶群.流光如梦:大众文化热潮三十年［M］.南宁:广西师范大学出版社,2008

［60］ 新闻出版署政策法规司编.中国新闻出版法规简明使用手册［M］.北京:中国书籍出版社,1994

［61］ 亚当•斯密.国民财富的性质和原因的研究（下卷）［M］.北京:商务印书馆,1979

［62］ 闫现章.试论中国当代出版理念与出版思想体系的建设和发展［J］.河南大学学报（社科版）,2001（5）

［63］ 杨岚,张维真.中国当代人文精神的建构［M］.北京:人民出版社,2002

［64］ 俞金吾.意识形态论［M］.上海:上海人民出版社,1993

［65］ 张志林.印刷传播知识管理［M］.北京:中国书籍出版社,2004

［66］ 赵航.选题论［M］.沈阳:辽宁教育出版社,1998

［67］ 中国出版科学研究所产业发展中心.第五次全国国民阅读与购买倾向抽样调查［M］.北京:人民出版社，2008

［68］ 中国出版年鉴社编辑部.中国出版年鉴（2001）［J］.2001

［69］ 中国出版年鉴社编辑部.中国出版年鉴（2000）［J］.2000

［70］ 中国书刊发行业协会非国有书业工作委员会联合专家咨询机构推出的《2005年度书业产业报告》

［71］ 周伟良编著.中国武术史［M］.北京:高等教育出版社，2003

［72］ 邹韬奋.事业管理与职业修养生活史话［M］.北京:生活·读书·新知三联书店，1998

后 记

目前国内对体育传统媒介的研究主要集中在电视、报刊等媒体上，有关体育图书出版领域的研究基本处于空白。本研究是在前人研究现阶段我国出版业存在的问题的基础上，希望能进行一次较全面系统地探索和总结我国体育图书出版的理论和实践，进而扩大人们对体育图书出版发行认识的视野。当然，对体育图书出版的研究还是一个新的课题，研究尚处于初步阶段，单凭一己绵薄之力，想要揭示我国体育图书出版实践的全部规律，难免力不从心。因此，本研究成果，也仅仅是对我国体育图书出版事业的一次初步探索，实属抛砖引玉，希望能吸引更多同仁参与到体育图书出版理论与实践更富挑战性的研究工作中来。

由于图书出版结构是复杂的政治、经济、文化等各种要素综合作用的结果，因此，目前在图书出版界尚未有针对图书出版结构的研究，这不利于我国图书出版业的健康和可持续发展。在本研究中，笔者尝试着借用模糊数学以及系统科学中的一些工具，对影响体育图书出版结构构建的多种因素进行定量分析，并结合各因素的定性分析，以此对体育图书出版结构科学合理性展开测评与解析。当笔者的想法终于落于纸面后，总算是对自己这些年来的思考有一个交代了。

体育图书出版系统是一个动态、复杂的系统。限于本人的精力和能力，研究中还存在许多的不足，比如对当前国外，尤其是经济发达国家体育图书出版情况了解还不够，对一些问题的研究还只是停留在定性理论描述方面等，这些问题值得今后继续深入探讨。

三年虽然一晃而过，但我深深地知道在这一千多个日日夜夜里父母和妻子所付出的辛劳，正是含辛茹苦的父母和贤惠妻子默默无闻的鼎力支持，才让我能顺利走到今天。

在求学、求知路上，笔者遇到诸多良师益友，能得到任海教授、熊晓正教授、王凯珍教授、易剑东教授、黄亚玲教授、毕雪梅副教授、吴光远副教授，人民体育出版总社总编史勇先生、北京体育大学出版社副社长熊西北先生等对我的耳提面授，实感三生有幸！感谢论文评阅老师给予笔者的帮助！感谢北京体育大学研究生院所有老师对笔者的培养！感谢国家新闻出版总署和出版界、新闻界的朋友们为笔者提供了诸多帮助，使研究得以顺利进行！同时，也要向所参阅资料的作者表示衷心的感谢！

本书是在博士论文的基础上做了适当的修改而出版的。书稿付梓之际，特别感谢天津体育学院院长姚家新教授、科研处处长肖林鹏教授、体育文化传媒系主任叶加宝教授及科研处全体老师对我的关心和支持！

记得导师郝勤教授曾经说过，在科学研究的路上是充满艰难险阻的，研究者就像苦行僧。我们不仅要能挡住物欲的诱惑，更多的是能在功利、躁动的生活中，保持一颗寂寞的心。

"读万卷书，行万里路"，导师的教诲如醍醐灌顶，也愿与诸君共勉。

《中国体育博士文丛》出版说明

《中国体育博士文丛》是中国体育高水平学术理论专著的重要组成部分，代表中国体育科学研究的最新成果，是中国体育博士展现聪明才智的有力平台。

作者条件：在世界各地大学、科研院所获得体育博士学位的中国公民。可以是独立作者，也可以是联合作者，但都必须具有体育博士学位。

稿作要求：15万字（含图表部分）A4纸打印，光盘储存。论文构件齐全，包括作者简介、序（前言）、正文、参考文献、附录、后记、作者照片。

通讯地址：100084北京市海淀区中关村北大街北京体育
    大学出版社教材专著分社
咨询方式：010‐62989469　62989434
    lianglin825@163.com

《中国体育博士文丛》
已出版书目

现代体操运动训练科学化探骊——运动训练时间理论研究

王文生著　定价:38. 00元

竞技体操训练的科学化探索——竞技体操创新理论研究

吕万刚著　定价:28. 00元

竞技体育的意义——价值理论研究探微　颜天民著　定价:28. 00元

中国体育人口的理论探索与实证研究　仇　军著　定价:48. 00元

职业篮球市场论　杨铁黎著　定价:28. 00元

中国竞技体育人才开发　宋全征著　定价:33. 00元

人体运动环节重量参数测量新思路　李世明著　定价:28. 00元

论体育生活方式　苗大培著　定价:38. 00元

奥林匹克视觉形象的历史研究　王　军著　定价:28. 00元

我国运动训练科学化动力系统的研究　罗超毅著　定价:28. 00元

海南体育旅游开发研究　夏敏慧著　定价:38. 00元

我国优势项目高水平运动员参赛风险的识别、评估与应对

石　岩著　定价:38. 00元

散打运动训练监控科学化探微　姜传银著　定价:28. 00元

论中华民族传统体育　倪依克著　定价:33. 00元

田径运动训练过程控制理论　尹　军著　定价:38. 00元

训练观念及其导向功能　邓运龙著　定价:33. 00元

低氧运动促进肌组织血管生成的机制　郑　澜著　定价:33. 00元

田径运动专项速度研究　谢慧松著　定价:33. 00元

运动技能形成自组织理论的建构及其实证研究　李　捷著　定价:33. 00元

职业体育组织的演进与创新　张文健著　定价:33. 00元

国际奥委会组织变革与发展的研究　茹秀英著　定价:33. 00元

武术传播引论　郭玉成著　定价:38. 00元

近代以来中国武术项目管理过程及其评价与发展　李　蕾著　定价:33. 00元

硅橡胶修补关节软骨的实验研究　王　梅著　定价:28. 00元

穴位离子导入消除运动性疲劳的机理研究　杨　翼著　定价:33. 00元

社会性体格焦虑的测量及其与体育锻炼之间关系的研究

徐　霞著　定价:28. 00元

优秀运动员的职业变迁与人生发展　黄志剑著　定价:38. 00元

运动员选材的选育结合理论与实证研究　隗金水著　定价:38. 00元

比较优势理论下我国各等级项目群体的区域分工研究　罗　智著　定价:33. 00元

短跑运动员体能训练理论与方法　袁运平著　定价:33. 00元

我国体育生活化探索　　　　　　　　　　　　　梁利民著　定价:28.00元
中国高水平跳远运动员训练内容体系的研究　　　冯树勇著　定价:28.00元
论运动技术的序列发展与分群演进　　　　　　　刘建和著　定价:33.00元
武术释义——武术本质及功能价值体系阐释　　　李印东著　定价:33.00元
中国武术散打市场化运作模式的研究　　　　　　李士英著　定价:33.00元
CVA联赛品牌的打造——"全国排球联赛"的兴起与发展

　　　　　　　　　　　　　　　　　　　　　　李国东著　定价:28.00元
中小学生的营养状况及其社会环境影响因素的研究　彭　莉著　定价:28.00元
中国竞技体育资源调控与可持续发展　　　　　　肖林鹏著　定价:38.00元
体育纪律处罚研究　　　　　　　　　　　　　　韩　勇著　定价:38.00元
我国体育经纪人的管理与培养体系　　　　　　　靳　勇著　定价:33.00元
中国排球运动的可持续发展研究　　　　　　　　潘迎旭著　定价:28.00元
北京2008年奥运会志愿者的组织管理模式与评价体系的研究

　　　　　　　　　　　　　　　　　　　　　　李颖川著　定价:38.00元
区域经济发展与体育人才培养——竞技体育后备人才培养的温州模式研究

　　　　　　　　　　　　　　　　　　　　　　周建梅著　定价:28.00元
我国职业体育联盟理论研究　　　　　　　　　　王庆伟著　定价:33.00元
高水平运动员年度训练周期的项群特征　　　　　郑晓鸿著　定价:28.00元
运动性贫血时红细胞功能变化以及营养干预对其的影响

　　　　　　　　　　　　　　　　　　　　　　金　丽著　定价:28.00元
篮球运动基本理论与实践研究　　　　　　　　　谭朕斌著　定价:43.00元
论奥林匹克运动发展观　　　　　　　　　　　　陈立基著　定价:38.00元
运动竞赛方法体系的建构暨对抗性竞赛方法的研究　王　蒲著　定价:38.00元
我国高等体育院(校)系改革与发展的战略研究　李鸿江著　定价:33.00元
武术健身态度动机与群体互动的研究　　　　　　张春华著　定价:28.00元
运动时间营养学　　　　　　　　　　　　　　　李世成著　定价:33.00元
中国学校体操历史与发展研究　　　　　　　　　吴维铭著　定价:33.00元
中国大学竞技体育的发展研究　　　　　　　　　刘海元著　定价:38.00元
中国竞技体育崛起的制度框架和思想基础　　　　刘纯献著　定价:38.00元
专项力量测量的理论与方法　　　　　　　　　　吕季东著　定价:33.00元
运动与自主神经　　　　　　　　　　　　　　　王松涛著　定价:38.00元
中华体育精神研究　　　　　　　　　　　　　　黄　莉著　定价:38.00元
我国徒手格斗项目(散打)优秀男子运动员核心竞技能力
评价体系研究　　　　　　　　　　　　　　　　叶　伟著　定价:28.00元
中国近现代体育思想及体育教育发展论纲　　　　程文广著　定价:33.00元
中国职业篮球竞赛市场的运行机制　　　　　　　王　郓著　定价:28.00元
新形势下我国优秀运动员思想政治教育研究　　　龙　斌著　定价:48.00元
青少年足球训练理念与实践　　　　　　　　　　张庆春著　定价:38.00元
信息量与认知风格对击剑运动员决策速度、准确性和稳定性的影响

　　　　　　　　　　　　　　　　　　　　　　付　全著　定价:28.00元

运动员全程性多年训练过程中的区间链接机制　　　　徐　刚著　定价:28. 00元
基于GIS的体育场地规划研究　　　　　　　　　　　王　雷著　定价:33. 00元
太极拳健身理论论绎　　　　　　　　　　　　　　　刘　静著　定价:33. 00元
奥运会志愿者管理研究　　　　　　　　　　　　　　宋玉芳著　定价:33. 00元
中国田径高水平短跨、跳跃项目运动员成长过程规律研究

　　　　　　　　　　　　　　　　　　　　　　　　韩　慧著　定价:33. 00元
北京市城区成年超重/肥胖人群肥胖相关行为因素分析

　　　　　　　　　　　　　　　　　　　　　　陈绮文著　定价:38. 00元
优秀运动员赛前心理状态的脑功能研究　　　　　　　魏高峡著　定价:28. 00元
噪声应激及水杨酸钠和粉防己碱的抗应激作用　　　　安玉香著　定价:28. 00元
力的大小与角度对自由跤运动员动觉感受性的影响　　于　晶著　定价:28. 00元
运动对老年人常见病和医疗费的影响与对策　　　　　杨　光著　定价:28. 00元
我国地方政府社会体育政策研究　　　　　　　　　　冯火红著　定价:33. 00元
我国高等体育职业技术院校办学模式研究　　　　　　李锡云著　定价:28. 00元
对商业健身俱乐部体验营销的研究　　　　　　　　　李小芬著　定价:33. 00元
中国社会体育参与中的妇女与性别差异　　　　　　　潘丽霞著　定价:33. 00元
人学视野中的人文体育观研究　　　　　　　　　　　冯　霞著　定价:33. 00元
普通高校体育教材设计与编写的理论探索　　　　　　林向阳著　定价:38. 00元
运动员表面肌电信号与分形　　　　　　　　　　　　曲　峰著　定价:28. 00元
运动技术理念的隐喻与诠释　　　　　　　　　　　　马　莉著　定价:33. 00元
城市居民健身消费力及其影响因素研究　　　　　　　文　静著　定价:33. 00元
基于标准的体育课程设计　　　　　　　　　　　　　朱伟强著　定价:38. 00元
我国城乡居民健康与健康投资影响因素研究　　　　　李　岩著　定价:28. 00元
竞技体育赛事组合系统结构的优化与控制　　　　　　袁守龙著　定价:38. 00元
中国体育教师教育的改革审视与创新研究　　　　　　许瑞勋著　定价:38. 00元
我国优秀射箭运动员脑电特征的研究　　　　　　　　何　洋著　定价:33. 00元
新编健身气功的理论构建　　　　　　　　　　　　　王言群著　定价:43. 00元
运用跨理论模型对大学生体育锻炼行为改变的实证研究

　　　　　　　　　　　　　　　　　　　　　　　　尹　博著　定价:43. 00元
基因多态性与运动能力的关联研究　　　　　　　　　高炳宏著　定价:43. 00元
论我国职业足球俱乐部品牌创建　　　　　　　　　　王景波著　定价:38. 00元
北京市群众体育政策执行研究　　　　　　　　　　　李　捷著　定价:38. 00元
开发我国大学生体育市场的理论与实践研究　　　　　王朝军著　定价:28. 00元
论中国现代普通高校体育制度的变迁　　　　　　　　李冬梅著　定价:33. 00元
太极拳健身技理及其科学基础　　　　　　　　　　　姜　娟著　定价:33. 00元
丙酮酸补充对运动机体身体成分和脂肪代谢的影响及机理的研究

　　　　　　　　　　　　　　　　　　　　　　郭英杰著　定价:28. 00元
体育课程内容资源开发研究　　　　　　　　　　　　田　菁著　定价:33. 00元
体质与健康关系的理论与实证研究　　　　　　　　　何仲恺著　定价:28. 00元
当代中国体育的科学发展观研究　　　　　　　　　　周传志著　定价:38. 00元

中国城市体育休闲服务组织体系研究　　　　　朱寒笑著　定价:38.00元
奥运会营销策略　　　　　　　　　　　　　赵长杰著　定价:33.00元
北京市商业健身俱乐部消费者行为与营销策略的研究　郑玉霞著　定价:33.00元
"运动因子"的探析　　　　　　　　　　　　唐　晖著　定价:33.00元
民族主义演进与奥林匹克发展　　　　　　　王润斌著　定价:33.00元
降钙素基因相关肽对运动心脏重塑和保护作用机制的研究

　　　　　　　　　　　　　　　　　　　潘孝贵著　定价:33.00元

我国中小学体育课堂教学设计研究　　　　　柴　娇著　定价:33.00元
我国优秀短距离速滑运动员体能训练理论与实践研究　陈月亮著　定价:43.00元
我国普通高校体育管理组织结构的研究　　　吴春霞著　定价:28.00元
我国优秀武术散打运动员竞技能力特征与评价研究　高　亮著　定价:33.00元
运动竞赛规则的本质特征、演变机制与发展趋势　刘淑英著　定价:33.00元
我国全民健身服务体系的理论构建与运行机制研究　罗　旭著　定价:33.00元
体育与大学生社会化——一个体育社会学的视角　李树旺著　定价:33.00元
骨骼肌静力性负荷所致损伤机理的研究　　　刘　晔著　定价:28.00元
论我国商业健身俱乐部品牌建设　　　　　　薄雪松著　定价:38.00元
珠江三角洲运动服装业市场营销策略研究　　许　玲著　定价:43.00元
有效体育教学的理论与实证研究　　　　　　胡永红著　定价:38.00元
田径耐力性项目优秀运动员训练负荷监控　　陈　波著　定价:28.00元
中国体育图书出版研究　　　　　　　　　　吴文峰著　定价:28.00元